林徽因文集

你是那人间四月天

林徽因 著

北京理工大学出版社
BEIJING INSTITUTE OF TECHNOLOGY PRESS

版权专有 侵权必究

图书在版编目（CIP）数据

林徽因文集：你是那人间四月天 / 林徽因著. — 北京：北京理工大学出版社，2016.6（2017.6重印）
　　ISBN 978-7-5682-2133-7

　　Ⅰ. ①林… Ⅱ. ①林… Ⅲ. ①诗集—中国—现代②散文集—中国—现代 Ⅳ. ①I216.2

中国版本图书馆CIP数据核字（2016）第071910号

出版发行 /	北京理工大学出版社有限责任公司
社　　址 /	北京市海淀区中关村南大街5号
邮　　编 /	100081
电　　话 /	（010）68914775（总编室）
	（010）82562903（教材售后服务热线）
	（010）68948351（其他图书服务热线）
网　　址 /	http://www.bitpress.com.cn
经　　销 /	全国各地新华书店
印　　刷 /	三河市金元印装有限公司
开　　本 /	889毫米×1194毫米　1/32
印　　张 /	6.375
字　　数 /	122千字
版　　次 /	2016年6月第1版　2017年6月第2次印刷
定　　价 /	24.00元

责任编辑 / 武丽娟
文案编辑 / 武丽娟
责任校对 / 周瑞红
责任印制 / 边心超

图书出现印装质量问题，请拨打售后服务热线，本社负责调换

目 录

诗 歌

你是人间的四月天…………………………………002

谁爱这不息的变幻…………………………………004

八月的忧愁…………………………………………006

一首桃花……………………………………………008

深夜里听到乐声……………………………………010

山中的一个夏夜……………………………………012

六点钟在下午………………………………………014

静坐…………………………………………………016

深笑…………………………………………………017

十月独行……………………………………………019

莲灯…………………………………………………021

仍然…………………………………………………023

那一晚………………………………………………025

雨后天………………………………………………027

过杨柳……………………………………028

风筝………………………………………029

激昂………………………………………031

情愿………………………………………033

去春………………………………………035

除夕看花…………………………………036

笑…………………………………………038

诗（三首）………………………………040

中夜钟声…………………………………044

年关………………………………………046

灵感………………………………………048

昼梦………………………………………050

秋天，这秋天……………………………053

城楼上……………………………………057

冥思………………………………………059

红叶里的信念……………………………061

题剔空菩提叶……………………………067

时间………………………………………069

记忆………………………………………070

无题………………………………………072

黄昏过泰山 …………………………………………074

哭三弟恒 ……………………………………… 075

别丢掉 ……………………………………………079

空想（外四章）…………………………………081

前后 ………………………………………………085

古城黄昏 …………………………………………087

桥 …………………………………………………089

孤岛 ………………………………………………091

病中杂诗（九首）………………………………093

昆明即景 …………………………………………100

一串疯话 …………………………………………103

吊玮德 ……………………………………………104

我们的雄鸡 ………………………………………108

山中 ………………………………………………110

古城春景 …………………………………………112

忆 …………………………………………………114

静院 ………………………………………………116

微光 ………………………………………………119

散　文

悼志摩…………………………………………122
窗子以外…………………………………………132
纪念志摩去世四周年……………………………142
蛛丝和梅花………………………………………150
彼此………………………………………………155
惟其是脆嫩………………………………………161
山西通信…………………………………………165
《文艺丛刊小说选》题记…………………………168
一片阳光…………………………………………173
究竟怎么一回事…………………………………179
设计和幕后困难问题……………………………185
和平礼物…………………………………………191

你是人间的四月天[1]
——一句爱的赞颂

我说你是人间的四月天;
笑响点亮了四面风;轻灵
在春的光艳中交舞着变

你是四月早天里的云烟
黄昏吹着风的软,星子在
无意中闪,细雨点洒在花前

那轻,那娉婷,你是,鲜妍
百花的冠冕你戴着,你是
天真,庄严,你是夜夜的月圆

---

[1] 发表于1934年5月《文学》第1卷第1期。

雪化后那片鹅黄,你像;新鲜
初放芽的绿,你是;柔嫩喜悦
水光浮动着你梦中期待的白莲

你是一树一树的花开,是燕
在梁间呢喃,——你是爱,是暖
是希望,你是人间的四月天!

谁爱这不息的变幻[①]

谁爱这不息的变幻,她的行径?
催一阵急雨,抹一天云霞,月亮,
星光,日影,在在都是她的花样。
更不容峰峦与江海偷一刻安定。
骄傲的,她奉着那荒唐的使命:
看花放蕊树凋零,娇娃做了娘;
叫河流凝成冰雪,天地变了相;
都市喧哗,再寂成广漠的夜静!
虽说千万年在她掌握中操纵,
她不曾遗忘一丝毫发的卑微。
难怪她笑永恒是人们造的谎,

---

① 发表于 1931 年 4 月《诗刊》第 2 期。

来抚慰恋爱的消失,死亡的痛。
但谁又能参透这幻化的轮回,
谁又能大胆的爱过这伟大的变幻?

　　　　　　　香山,四月十二日

八月的忧愁①

黄水塘里游着白鸭,
高粱梗油青的刚高过头,
这跳动的心怎样安插,
田里一窄条路,八月里这忧愁?

天是昨夜雨洗过的,山岗
照着太阳又留一片影;
羊跟着放羊的转进村庄,
一大棵树荫下罩着井,又像是心!

从没有人说过八月什么话,

---

① 发表于1936年9月30日《大公报·文艺副刊》第224期。

夏天过去了,也不到秋天。
但我望着田垄,土墙上的瓜,
仍不明白生活同梦怎样的连牵。

二十五年①夏末

---

① 此处为民国纪年,及1936年,下同。

一首桃花[1]

桃花,
那一树的嫣红,
像是春说的一句话;
朵朵露凝的娇艳,
是一些
玲珑的字眼,
一瓣瓣的光致,
又是些
柔的匀的吐息;
含着笑,
在有意无意间,

---

[1] 发表于1931年10月《诗刊》第3期。

生姿的顾盼。

看，——

那一颤动在微风里，

她又留下，淡淡的，

在三月的薄唇边，

一瞥，

一瞥多情的痕迹！

二十年五月，香山

深夜里听到乐声①

这一定又是你的手指,
轻弹着,
在这深夜,稠密的悲思;

我不禁颊边泛上了红,
静听着,
这深夜里弦子的生动。

一声听从我心底穿过,
忒凄凉
我懂得,但我怎能应和?

---
① 发表于1931年9月《新月诗选》。

生命早描定她的式样,
太薄弱
是人们的美丽的想象。

除非在梦里有这么一天,
你和我
同来攀动那根希望的弦。

山中的一个夏夜[1]

山中一个夏夜,深得

像没有底一样;

黑影,松林密密的;

周围没有点光亮。

对山闪着只一盏灯———两盏

像夜的眼,夜的眼在看!

满山的风全蹑着脚

像是走路一样;

躲过了各处的枝叶

各处的草,不响。

---

[1] 发表于 1933 年 6 月《新月》第 4 卷第 7 期。

单是流水,不断的在山谷上
石头的心,石头的口在唱。

虫鸣织成那一片静,寂寞
像垂下的帐幔;
仲夏山林在内中睡着,
幽香在四下里浮散。
黑影枕着黑影,默默的无声,
夜的静,却有夜的耳在听!

一九三一年(据手稿①)

---

① 诗中的第三节据作者修改后的手稿排印。1933年此诗首次发表时第三节和内容此处不同。

六点钟在下午①

用什么来点缀

六点钟在下午?

六点钟在下午

点缀在你生命中,

仅有仿佛的灯光,

褪败的夕阳,窗外

一张落叶在旋转!

用什么来陪伴

六点钟在下午?

六点钟在下午

陪伴着你在暮色里闲坐,

---

① 发表于1948年2月22日《经世日报·文艺周刊》第58期。

等光走了,影子变换,
一支烟,为小雨点
继续着,无所盼望!

静坐[1]

冬有冬的来意,
寒冷像花,——
花有花香,冬有回忆一把。
一条枯枝影,青烟色的细瘦,
在午后的窗前拖过一笔画;
寒里日光淡了,渐斜……
就是那样地
像待客人说话
我在静沉中默啜着茶。

二十五年冬十一月

---

[1] 发表于 1937 年 1 月 31 日《大公报·文艺副刊》第 293 期。

深笑①

是谁笑得那样甜,那样深,
那样圆转?一串一串明珠
大小闪着光亮,迸出天真!
清泉底浮动,泛流到水面上,
灿烂,
分散!

是谁笑得好花儿开了一朵?
那样轻盈,不惊起谁。
细香无意中,随着风过,
拂在短墙,丝丝在斜阳前

---

① 发表于1936年1月5日《大公报·文艺副刊》第27期。

挂着
留恋。

是谁笑成这百层塔高耸,
让不知名鸟雀来盘旋?是谁
笑成这万千个风铃的转动,
从每一层琉璃的檐边
摇上
云天?

十月独行①

像个灵魂失落在街边,
我望着十月天上十月的脸,
我向雾里黑影上涂热情
悄悄的看一团流动的月圆。

我也看人流着流着过去来回
黑影中冲着波浪翻星点
我数桥上栏杆龙样头尾,
像坐一条寂寞船,自己拉纤。

我像哭,像自语,我更自己抱歉!

---

① 发表于 1937 年 3 月 7 日《大公报·文艺副刊》第 307 期。

自己焦心,同情,一把心紧似琴弦,——
我说哑的,哑的琴我知道,一出曲子
未唱,幻望的手指终未来在上面?

莲灯[1]

如果我的心是一朵莲花
正中擎出一支点亮的蜡
荧荧虽则单是那一剪光
我也要它骄傲的捧出辉煌
不怕它只是我个人的莲灯
照不见前后崎岖的人生——
浮沉它依附着人海的浪涛
明暗自成了它内心的秘奥
单是那光一闪花一朵——
像一叶轻舸驶出了江河——
宛转它漂随命运的波涌

---

[1] 发表于1933年3月《新月》第4卷第6期。

等候那阵阵风向远处推送
算做一次过客在宇宙里
认识这玲珑的生从容的死
这飘忽的途程也就是个——
也就是个美丽美丽的梦。

二十一年七月半，香山

仍然①

你舒伸得像一湖水向着晴空里
白云,又像是一流冷涧,澄清
许我循着林岸穷究你的泉源:
我却仍然怀抱着百般的疑心
对你的每一个映影!

你展开像个千瓣的花朵!
鲜妍是你的每一瓣,更有芳沁,
那温存袭人的花气,伴着晚凉:
我说花儿,这正是春的捉弄人,
来偷取人们的痴情!

---

① 发表于1931年4月《诗刊》第2期。

你又学叶叶的书篇随风吹展,
揭示你的每一个深思;每一角心境,
你的眼睛望着,我不断的在说话:
我却仍然没有回答,一片的沉静
永远守住我的魂灵

那一晚①

那一晚我的船推出了河心,
澄蓝的天上托着密密的星。
那一晚你的手牵着我的手,
迷惘的星夜封锁起重愁。
那一晚你和我分定了方向,
两人各认取个生活的模样。

到如今我的船仍然在海面漂,
细弱的桅杆常在风涛里摇。
到如今太阳只在我背后徘徊,
层层的阴影留守在我周围。

---

① 发表于1931年4月《诗刊》第2期。

到如今我还记着那一晚的天，
星光、眼泪、白茫茫的江边！
到如今我还想念你岸上的耕种：
红花儿黄花儿朵朵的生动。

那一天我希望要走到了顶层，
蜜一般酿出那记忆的滋润。
那一天我要挎上带羽翼的箭，
望着你花园里射一个满弦。
那一天你要听到鸟般的歌唱，
那便是我静候着你的赞赏。
那一天你要看到零乱的花影，
那便是我私闯入当年的边境！

雨后天[1]

我爱这雨后天,
这平原的青草一片!
我的心没底止的跟着风吹,
风吹:
吹远了香草,落叶,
吹远了一缕云,像烟——
像烟。

二十一年十月一日

---

[1] 发表于1936年3月15日《大公报·文艺副刊》第110期。

过杨柳[1]

反复的在敲问心同心,
彩霞片片已烧成灰烬,
街的一头到另一条路,
同是个黄昏扑进尘土。

愁闷压住所有的新鲜,
奇怪街边此刻还看见,
混沌中浮出光妍的纷纠,
死色楼前垂一棵杨柳!

二十五年十月一日

---

[1] 发表于 1936 年 11 月 1 日《大公报·文艺副刊》第 241 期。

风筝[1]

看,那一点美丽
会闪到天空!
几片颜色,
挟住双翅,
心,缀一串红。

飘摇,它高高的去,
逍遥在太阳边
太空里闪
一小片脸,
但是不,你别错看了

---

[1] 发表于1936年2月14日《大公报·文艺副刊》第39期。

错看了它的力量,
天地间认得方向!
它只是
轻的一片,
一点子美
像是希望,又像是梦;
一长根丝牵住
天穹,渺茫——
高高推着它舞去,
白云般飞动,
它也猜透了不是自己,
它知道,知道是风!

正月十一日

激昂[1]

我要借这一时的豪放
和从容,灵魂清醒的
在喝一泉甘甜的鲜露,
来挥动思想的利剑,
舞它那一瞥最敏锐的
锋芒,像皑皑塞野的雪
在月的寒光下闪映,
喷吐冷激的辉艳;——斩,
斩断这时间的缠绵,
和猥琐网布的纠纷,
剖取一个无瑕的透明,

---

[1] 发表于1931年9月《北斗》创刊号。

看一次你,纯美,

你的裸露的庄严。

……

然后踩登

任一座高峰,攀牵着白云

和锦样的霞光,跨一条

长虹,瞰临着澎湃的海,

在一穹匀净的澄蓝里,

书写我的惊讶与欢欣,

献出我最热的一滴眼泪,

我的信仰,至诚,和爱的力量,

永远膜拜,

膜拜在你美的面前!

五月,香山

情愿①

我情愿化成一片落叶,
让风吹雨打到处飘零;
或流云一朵,在澄蓝天,
和大地再没有些牵连。

但抱紧那伤心的标志,
去触遇没着落的怅惘;
在黄昏,夜班,蹑着脚走,
全是空虚,再莫有温柔;

忘掉曾有这世界、有你;

---

① 发表于1931年9月《新月诗选》。

哀悼谁又曾有过爱恋；
落花似的落尽，忘了去
这些个泪点里的情绪。

到那天一切都不存留，
比一闪光、一息风更少
痕迹，你也要忘掉了我
曾经在这世界里活过。

去春[1]

不过是去年的春天,花香,
红白的相间着一条小曲径,
在今天这苍白的下午,再一次登山
回头看,小山前一片松风
就吹成长长的距离,在自己身旁。

人去时,孔雀绿的园门,白丁香花,
相伴着动人的细致,在此时,
又一次湖水将解的季候,已全变了画。
时间里悬挂,迎面阳光不来,
就是来了也是斜抹一行沉寂记忆,树下。

---

[1] 发表于 1937 年 7 月《文学杂志》第 1 卷第 4 期。

除夕看花①

新从嘈杂着异乡口调的花市上买来,
碧桃雪白的长枝,同血红般山茶花。
着自己小角隅再用精致鲜艳来结采,
不为着锐的伤感,仅是钝的还有剩余下!

明知道房里的静定,像弄错了季节,
气氛中故乡失得更远些,时间倒着悬挂;
过年也不像过年,看车灯笼在燃烧着点点血,
帘垂花下已记不起旧时热情,旧日的话。

如果心头在旋转着熟识旧时的芳菲,

---

① 发表于1939年6月28日香港《大公报·文艺副刊》。

模糊如条小径越过无数道篱笆，
纷纭的花叶枝条，草看弄得人昏迷，
今日的脚步，再不甘重踏上前时的泥沙。

月色已冻住，指着各处山头，河水更凌乱，
关心的是马蹄平原上辛苦，无响的刻画，
除夕的花已不是花，仅一句言语梗在这里，
抖战着千万的忧患，每个心头上牵挂。

笑[1]

笑的是她的眼睛，口唇；
和唇边浑圆的漩涡。
艳丽如同露珠，
朵朵的笑向，
贝齿的闪光里躲。
那是笑，——神的笑，美的笑；
水的映影，风的轻歌。

笑的是她惺忪的鬈发，
散乱的搅着她耳朵。
轻轻如同花影，

---

[1] 发表于1931年9月《新月诗选》。

痒痒的甜蜜,

涌进了你的心窝。

那是笑——诗的笑,画的笑;

云的留痕,浪的柔波。

诗(三首)[1]

给秋天

正与生命里一切相同,
我们爱得太是匆匆;
好像只是昨天,
你还在我的窗前!

笑脸向着晴空
你的林叶笑声里染红
你把黄光当金子般散开
稚气,豪侈,你没有悲哀。

---

[1] 发表于1947年5月4日《大公报·文艺副刊》。

你的红叶是亲切的牵绊,那凌乱
每早必来缠住我的晨光。
我也吻你,不顾你的背影隔过玻璃!
你常淘气的闪过,却不对我忸怩。

可是我爱的多么疯狂,
竟未觉察凄厉的夜晚
已在背后尾随,——
等候着把你残忍的摧毁!

一夜呼号的风声
果然没有把我惊醒
等到太晚的那个早晨
啊。天!你已经不见了踪影。

我苛刻的咒诅自己
但现在有谁走过这里
除却严冬铁样长脸
阴雾中,偶然一见。

人生

人生,
你是一支曲子,

我是歌唱的；

你是河流
我是条船，一片小白帆
我是个行旅者的时候，
你，田野，山林，峰峦。
无论怎样，
颠倒密切中牵连着
你和我，
我永从你中间经过；

我生存，
你是我生存的河道，
理由同力量。
你的存在
则是我胸前心跳里
五色的绚彩
但我们彼此交错
并未彼此留难。
……
现在我死了，
你，——
我把你再交给他人负担！

展缓

当所有的情感
都并入一股哀怨
如小河,大河,汇向着
无边的大海,——不论
怎么冲急,怎样盘旋,——
那河上劲风,大小石卵,
所做成的几处逆流,
小小港湾,就如同
那生命中,无意的宁静
避开了主流;情绪的
平淡越出了悲愁。

停吧,这奔驰的血液;
它们不必全然废弛的
都去造成眼泪。
不妨多几次辗转,溯回流水,
任凭眼前这一切缭乱,
这所有,去建筑逻辑。
把绝望的结论,稍稍
迟缓,拖延时间,——
拖延理智的判断,——
会再给纯情感一种希望!

中夜钟声[1]

钟声

敛住又敲散

一街的荒凉

听——

那圆的一颗颗声响

直沉下时间

静寂的

咽喉

像哭泣

像哀恸

---

[1] 发表于1933年3月《新月》第4卷第6期。

将这僵黑的
中夜
葬入
那永不见曙星的
空洞——

轻——重,……
——重——轻……
这摇曳的一声声,
又凭谁的主意
把那剩余的忧惶
随着冷风——
纷纷
掷给还不成梦的人。

年关[1]

哪里来,又向哪里去?
这不断,不断的行人,
奔波杂沓的,这车马?
红的灯光,绿的紫的,
织成了这可怕,还是
可爱的夜?高的楼影,
渺茫天上,都象征些
什么现象?这聒噪中,
为什么又凝着这沉静,
这热闹里,会是凄凉?

---

[1] 发表于1934年2月21日《大公报·文艺副刊》第43期。

这是年关,年关。
有人由街头走着,估计着,
孤零的影子斜映着。
一年,又是一年辛苦,
一盘子算珠的艰和难。
日中,你敛住气,
夜里,你喘,
一条街,一条街,
跟着太阳、灯光往返;——
人和人,好比水在流
人是水,两旁楼是山!

一年,一年,连年里,
这穿过城市胸腑的辛苦,
成千万,成千万人流的血汗,
才会造成了像今夜
这神奇可怕的灿烂!
看,街心里横一道影
灯盏上开着血印的花
夜在凉雾和尘沙中
进展,展进,
许多口里
在喘着年关,年关……

二十三年废历除夕

灵感[1]

是你,是花,是梦,打这儿过,
此刻像风在摇动着我;
告诉日子重叠盘盘的山窝;
清泉潺潺流动转狂放的河;
孤僻林里闲开着鲜妍花,
细香常伴着圆月静天里挂;
且有神仙纷纭的浮出紫烟,
衫裾飘忽映影在山溪前;
给人的理想和理想上
铺香花,叫人心和心合着唱;
直到灵魂舒展成条银河,

---

[1] 此诗据手稿,作者生前并未发表。

长长流在天上一千首歌!

是你,是花,是梦,打这里儿过,
此刻像风,在摇动着我;
告诉日子是这样的不清醒;
当中偏响着想不到的一串铃,
树枝里轻声摇曳;金镶上翠,
低了头的斜阳,又一抹光辉。
难怪阶前人忘掉黄昏,脚下草,
高阁古松,望着天上点骄傲;
留下檀香,木鱼,合掌
在神龛前,在蒲团上,
楼外又楼外,幻想彩霞却缀成
凤凰栏杆,挂起了塔顶上灯!

二十四年十月徽因作于北平

昼梦[1]

昼梦

垂着纱

无从追寻那开始的情绪

还未曾开花;

柔韧得像一根

乳白色的茎,缠住

纱帐下;银光

有时映亮,去了又来;

盘盘丝络

一半失落在梦外。

---

[1] 发表于1936年8月30日《大公报·文艺副刊》第206期。

花竟开了,开了;

零落的攒集,

从容的舒展

一朵,那千百瓣!

抖擞那不可言喻的

刹那情绪,

庄严峰顶——

天上一颗星……

晕紫,深赤,

天空外旷碧,

是颜色同颜色浮溢,腾飞……

深沉,

又凝定——

悄然香馥,

袅娜一片静。

昼梦

垂着纱,

无从追踪的情绪

开了花;

四下里香深

低覆着禅寂,

间或游丝似的摇移,

悠忽一重影；
悲哀或不悲哀
全是无名，
一闪娉婷。

　　　　　　　　二十五年暑中，北平

秋天，这秋天①

这是秋天，秋天，
风还该是温软；
太阳仍笑着那微笑，
闪着金银，夸耀
他实在无多了的
最奢侈的早晚！
这里那里，在这秋天，
斑彩错置到各处
山野，和枝叶中间，
象醉了的蝴蝶，或是
珊瑚珠翠，华贵的失散，

---

① 发表于1933年11月18日《大公报·文艺副刊》第17期。

缤纷降落到地面上。
这时候心得象歌曲,
由山泉的水光里闪动,
浮出珠沫,溅开
山石的喉嗓唱。
这时候满腔的热情
全是你的,秋天懂得,
秋天懂得那狂放,——
秋天爱的是那不经意
不经意的凌乱!

但是秋天,这秋天,
他撑着梦一般的喜筵,
不为的是你的欢欣:
他撒开手,一掬璎珞,
一把落花似的幻变,
还为的是那不定的
悲哀,归根儿蒂结住
在这人生的中心!
一阵萧萧的风,起自
昨夜西窗的外沿,
摇着梧桐树哭。——
起始你怀疑着:

荷叶还没有残败；

小划子停在水流中间；

夏夜的细语，夹着虫鸣，

还信得过仍然偎着

耳朵旁温甜；

但是梧桐叶带来桂花香，

已打到灯盏的光前。

一切都两样了，他闪一闪说，

只要一夜的风，一夜的幻变。

冷雾迷住我的两眼，

在这样的深秋里，

你又同谁争？现实的背面

是不是现实，荒诞的，

果属不可信的虚妄？

疑问抵不住简单的残酷，

再别要悯惜流血的哀惶，

趁一次里，要认清

造物更是摧毁的工匠。

信仰只一细炷香，

那点子亮再经不起西风

沙沙的隔着梧桐树吹！

如果你忘不掉，忘不掉

那同听过的鸟啼；

同看过的花好,信仰

该在过往的中间安睡。……

秋天的骄傲是果实,

不是萌芽,——生命不容你

不献出你积累的馨芳;

交出受过光热的每一层颜色;

点点沥尽你最难堪的酸怆。

这时候,

切不用哭泣;或是呼唤;

更用不着闭上眼祈祷;

(向着将来的将来空等盼);

只要低低的,在静里,低下去

已困倦的头来承受,——承受

这叶落了的秋天

听风扯紧了弦索自歌挽:

这夜,这夜,这惨的变换!

二十二年十一月中旬

城楼上[1]

你说什么?
鸭子,太阳,
城墙下那护城河?
——我?
我在想,
——不是不在听——
想怎样
从前,……
——
对了,
也是秋天!

---

[1] 发表于 1935 年 11 月 8 日《大公报·文艺副刊》第 39 期。

你也曾去过,
你？那小树林？
还记的吗：
山窝，红叶像火？
映影
湖心里倒浸，
那静？
天！……
（今天的多蓝，你看！）
白云，
像一缕烟。

谁又啰嗦？
你爱这里城墙，
古墓，长歌，
蔓草里开野花朵。
好，我不再讲
从前的，单想
我们在古城楼上
今天，——
白鸽，（你准知道是白鸽？）
飞过面前。

二十四年十月

冥思[1]

心此刻同沙漠一样平,
思想像孤独的一个阿拉伯人;
仰脸孤独的向天际望
落日远边奇异的霞光,
安静的,又侧个耳朵听
远处一串骆驼的归铃。

在这白色的周遭中,
一切像凝冻的雕形不动;
白袍,腰刀,长长的头巾,
浪似的云天,沙漠上风!

---

[1] 发表于1936年12月13日《大公报·文艺副刊》第265期。

偶有一点子振荡闪过天线，
残霞边一颗星子出现。

　　　　　　　　二十五年夏末

红叶里的信念[1]

年年不是要看西山的红叶,
谁敢看西山红叶?
不是要听异样的鸟鸣,
停在那一个静幽的树枝头,
是脚步不能自己的走——
走,迈向理想的山坳子

寻觅从未曾寻着的梦:
一茎梦里的花,一种香,
斜阳四处挂着,风吹动,
转过白云,小小一角高楼。

---

[1] 发表于1937年1月《新诗》第4期。

钟声已在脚下，

松同松并立着等候，

山野已然百般渲染豪侈的深秋。

梦在哪里，你的一缕笑，

一句话，在云浪中寻遍，

不知落到哪一处？

流水已经渐渐的清寒，

载着落叶穿过空的石桥，

白栏杆，

叫人不忍再看，

红叶去年同踏过的脚迹火一般。

好，抬头，这是高处，心卷起

随着那白云浮过苍茫，

别计算在哪里驻脚，去，

相信千里外还有霞光，像希望，

记得那烟霞颜色，

就不为编织美丽的明天，

为此刻空的歌唱，

空的凄恻，

空的缠绵，

也该放多一点勇敢，

不怕连牵斑驳金银般旧积的创伤！

再看红叶每年，
山重复的流血，山林，
石头的心胸从不倚借梦支撑，
夜夜风像利刃削过大土壤，
天亮时沉默焦灼的唇，
忍耐的仍向天蓝，
呼唤瓜果风霜中完成，
呈光彩，
自己山头流血，变坟台！
平静，我的脚步，慢点儿去，
别相信谁曾安排下梦来！

一路上枯枝，鸟不曾唱，
小野草香风早不是春天。
停下！停下！
风同云，水同水藻全叫住我，
说梦在背后；
蝴蝶秋千理想的山坳同这当前现实的
石头子路还缺个牵连！
愈是山中奇妍的黄月光挂出树尖，
愈得相信梦，
梦里斜晖一茎花是谎！

但心不信！空虚的骄傲秋风中旋转，
心仍叫喊理想的爱和美，
同白云角逐；同斜阳笑吻；同树，
同花，同香，
乃至同秋虫石隙中悲鸣，
要携手去；
同奔跃嬉游水面的青蛙，
盲目的再去寻盲目日子，——
要现实的热情另涂图画，
要把满山红叶采作花！

这萧萧瑟瑟不断的呜咽，
掠过耳鬓也还卷着温存，
影子在秋光中摇曳，
心再不信光影外有串疑问！
心仍不信，只因是午后，
那片竹林子阳光穿过
照暖了石头，赤红小山坡，
影子长长两条，你同我
曾经参差那亭子石路前，
浅碧波光老树干旁边！

生命中的谎再不能比这把颜色更鲜艳!
记得那一片黄金天,
珊瑚般玲珑叶子秋风里挂,
即使自己感觉内心流血,
又怎样个说话?
谁能问这美丽的后面是什么?
赌博时,眼闪亮,
从不悔那猛上孤注的力量;
都说任何苦痛去换任何一分,
一毫,一个纤微的理想!

所以脚步此刻仍在迈进,
不能自己,不能停!虽然山中
一万种颜色,一万次的变,
各种寂寞已环抱着孤影:
热的减成微温,温的又冷,
焦黄叶压踏在脚下碎裂,
残酷地散排昨天的细屑,
心却仍不问脚步为甚固执,
那寻不着的梦中路线,——
仍依恋指不出方向的一边!

西山,我发誓地,指着西山,

别忘记，今天你，我，红叶，
连成这一片血色的伤怆！
知道我的日子仅是匆促的
几天，如果明年你同红叶
再红成火焰，我却不见……
深紫，你山头须要多添
一缕抑郁热情的象征，
记下我曾为这山中红叶，
今天流血地存一堆信念！

题剔空菩提叶①

认得这透明体,

智慧的叶子掉在人间?

消沉,慈净——

那一天一闪冷焰,

一叶无声的坠地,

仅证明了智慧寂寞

孤零的终会死在风前!

昨天又昨天,美

还逃不出时间的威严;

相信这里睡眠着最美丽的

骸骨,一丝魂魄月边留念,——

---

① 发表于 1936 年 5 月 17 日《大公报·文艺副刊》第 146 期。

……

菩提树下清荫则是去年!

二十五年四月二十三日

时间[1]

人间的季节永远不断在转变
春时你留下多处残红,翩然辞别,
本不想回来时同谁叹息秋天!

现在连秋云黄叶又已失落去
辽远里,剩下灰色的长空一片
透彻的寂寞,你忍听冷风独语?

---

[1] 发表于1937年3月14日《大公报·文艺副刊》第310期。

记忆[1]

断续的曲子,最美或最温柔的
夜,带着一天的星。
记忆的梗上,谁不有
两三朵娉婷,披着情绪的花
无名的展开
野荷的香馥,
每一瓣静处的月明。
湖上风吹过,额发乱了,或是
水面皱起像鱼鳞的锦。
四面里的辽阔,如同梦
荡漾着中心彷徨的过往

---

[1] 发表于1936年3月22日《大公报·文艺副刊》第114期。

不着痕迹，谁都
认识那图画，
沉在水底记忆的倒影！

　　　　　　　　　　二十五年二月

无题①

什么时候再能有
那一片静;
溶溶在春风中立着,
面对着山,面对着小河流?

什么时候还能那样
满掬着希望;
披拂新绿,耳语似的诗思,
登上城楼,更听那一声钟响?

什么时候,又什么时候,心

---

① 发表于1936年5月3日《大公报·文艺副刊》第138期。

才真能懂得

这时间的距离；山河的年岁；

昨天的静，钟声

昨天的人

怎样又在今天里划下一道影！

二十五年春四月

黄昏过泰山[1]

记得那天

心同一条长河,

让黄昏来临,

月一片挂在胸襟。

如同这青黛山,

今天,

心是孤傲的屏障一面;

葱郁,

不忘却晚霞,

苍莽,

却听脚下风起,

来了夜——

---

[1] 发表于 1936 年 7 月 19 日《大公报·文艺副刊》第 182 期。

哭三弟恒[1]
——一九四一年空战阵亡

弟弟,我没有适合时代的语言
来哀悼你的死;
它是时代向你的要求,
简单的,你给了。
这冷酷简单的壮烈是时代的诗
这沉默的光荣是你。

假使在这不可免的真实上
多给了悲哀,我想呼喊,
那是——你自己也明了——
因为你走得太早,

---

[1] 发表于1948年5月《文学杂志》第2卷第12期。

太早了,弟弟,难为你的勇敢,
机械的落伍,你的机会太惨!

三年了,你阵亡在成都上空,
这三年的时间所做成的不同,
如果我向你说来,你别悲伤,
因为多半不是我们老国,
而是他人在时代中碾动,
我们灵魂流血,炸成了窟窿。

我们已有了盟友、物资同军火,
正是你所曾经希望过。
我记得,记得当时我怎样同你
讨论又讨论,点算又点算,
每一天你是那样耐性的等着,
每天却空的过去,慢得像骆驼!

现在驱逐机已非当日你最理想
驾驶的"老鹰式七五"那样——
那样笨,那样慢,啊,弟弟不要伤心,
你已做到你们所能做的,
别说是谁误了你,是时代无法衡量,
中国还要上前,黑夜在等天亮。

弟弟,我已用这许多不美丽言语
算是诗来追悼你,
要相信我的心多苦,喉咙多哑,
你永不会回来了,我知道,
青年的热血做了科学的代替;
中国的悲怆永沉在我的心底。

啊,你别难过,难过了我给不出安慰。
我曾每日那样想过了几回:
你已给了你所有的,同你去的弟兄
也是一样,献出你们的生命;
已有的年轻一切;将来还有的机会,
可能的壮年工作,老年的智慧;

可能的情爱,家庭,儿女,及那所有
生的权利,喜悦;及生的纠纷!
你们给的真多,都为了谁?你相信
今后中国多少人的幸福要在
你的前头,比自己要紧;那不朽
中国的历史,还需要在世上永久。

你相信,你也做了,最后一切你交出。

我既完全明白,为何我还为着你哭?
只因你是个孩子却没有留什么给自己,
小时我盼着你的幸福,战时你的安全,
今天你没有儿女牵挂需要抚恤同安慰,
而万千国人像已忘掉,你死是为了谁!

        三十三年,李庄

别丢掉[1]

别丢掉

这一把过往的热情,

现在流水似的,

轻轻

在幽冷的山泉底,

在黑夜,在松林,

叹息似的渺茫,

你仍要保持着那真!

一样是明月,

一样是隔山灯火,

满天的星,

---

[1] 发表于1936年3月15日《大公报·文艺副刊》第110期。

只使人不见,
梦似的挂起,
你问黑夜要回
那一句话——你仍得相信
山谷中留着
有那回音!

           二十一年夏

空想（外四章）[1]

终日的企盼企盼正无着落，——
太阳穿窗棂影，种种花样。
暮秋梦远，一首诗似的寂寞，
真怕看光影，花般洒在满墙。

日子悄悄的紧按沉吟的节奏，
尽打动简单曲，像钟摇响。
不是光不流动，花瓣子不点缀时候，
是心漏却忍耐，厌烦了这空想！

---

[1] 发表于1936年12月《新诗》第3期。

你来了

你来了，画里楼阁立在山边，
交响曲由风到风，草青到天！
阳光投多少个方向，谁管？你我
如同画里人掉回头，便就不见！

你来了，花开到深深的深红，
绿萍遮住池塘上一层晓梦，
鸟唱着，树梢交织着交柯，白云
却是我们，悠忽翻过几重天空！

"九·一八"闲走

天上今早盖着两层灰，
地上一堆黄叶在徘徊，
惘惘的是我跟着凉风转，
荒街小巷，蛇鼠般追随！

我问秋天，秋天似也疑问我：
在这尘沙中又挣扎些什么，
黄雾扼住天的喉咙，
处处仅剩情绪的残破？

但我不信热血不仍在沸腾；

思想不仍铺在街上多少层;
甘心让来往车马狠命的轧压,
待从地面开花,另来一种完整。

藤花前
——独过静心斋

紫藤花开了
轻轻的放着香,
没有人知道..
紫藤花开了
轻轻的放着香,
没有人知道。
楼不管,曲廊不做声,
蓝天里白云行去,
池子一脉静;
水面散着浮萍,
水底下挂着倒影。

紫藤花开了没有人知道!
蓝天里白云行去,小院,
无意中我走到花前。
轻香,风吹过花心,

风吹过我,——

望着无语,紫色点。

旅途中

我卷起一个包袱走,

过一个山坡子松,

又走过一个小庙门。

在早晨最早的一阵风中,

我心里没有埋怨,人或是神;

天底下的烦恼,连我的

拢总,

像已交给谁去,……

前面天空,

山中水那样清,

山前桥那么白净,——

我不知道造物者认不认得

自己图画;

乡下人的笠帽,草鞋,

乡下人的性情。

　　　　　暑中在山东乡间步行,二十五年夏

前后①

河上不沉默的船
载着人过去了；
桥——三环洞的桥基，
上面再添了足迹；
早晨，
早又到了黄昏，
这赓续
绵长的路……

不能问谁
想望的终点，——

---

① 发表于 1937 年 5 月 16 日《大公报·文艺副刊》第 336 期。

没有终点
这前面。
背后,
历史是片累赘!

古城黄昏①

我见到古城在斜阳中凝神；
城楼望着城墙，
忘却中间一片黄金的殿顶；
十条闹街还散在脚下，
虫蚁一样有无数行人。

我见到古城在黄昏中凝神；
乌鸦聒噪的飞旋，
废苑古柏在困倦中支撑。
无数坛庙寂寞与荒凉，
锁起一座一座剥落的殿门。

---

① 发表于1948年8月2日《益世报·文学周刊》第103期。

我听到古城在薄暮中独语；
僧寺消寂，熄了香火，
钟声沉下，市声里失去，
车马不断扬起年代的尘土，
到处风沙叹息着历史。

桥[1]

他的使命:
　　南北两岸莽莽两条路的携手;
他的完成
　　不挡江月东西,船只的交流;
他的肩背
　　坚定的让脚步上面经过,找个人的路去;
他的胸怀
　　虚空的环洞,不把江心洪流堵住。

他是座桥:
　　一条大胆的横梁,立脚于茫茫水面;
一堆泥石,

---

[1] 发表于1948年8月2日《益世报·文学周刊》第103期。

辛苦堆积或造形的完美，在自然上边；
一掬理智，
　　适应无数的神奇，支持立体的纪念；
一次人工，
　　矫正了造化的疏忽，将隔绝的重新牵连！

他是座桥，
　　看那平衡两排如同静恩的栏杆；
他的力量，
　　两座桥墩下，多粗壮的石头镶嵌；
他的忍耐，
　　容每道车辙刻入脚印已磨光的石板，
他的安闲，
　　岁月增进，让钓翁野草随在身旁。

他的美丽，
　　如同山月的锁钥，正见出人类匠心；
他的心灵，
　　浸入寒波，在一钩倒影里续成圆形。
他的存在，
　　却不为嬉戏的闲情——而为责任；
他的理想，
　　该寄给人生的行旅者一种虔诚。

孤岛[1]

遥望它是充满画意的山峰
远立在河心里高傲的凌耸
可怜它只是不幸的孤岛，——
天然没有埂堤，人工没搭座虹桥。

他问他的映影永为周围水的囚犯；
陆地于它，是达不到的希望！
早晚寂寞它常将小舟挽住！
风雨时节任江雾把自己隐去。

晴天它挺着小塔，玲珑独对云心；

---

[1] 发表于1947年1月4日《益世报·文学周刊》第22期。

盘盘石阶,由钟声松林中,超出安静。
特殊的轮廓它苦心孤诣做成,
漠漠大地又哪里去找一点同情?

病中杂诗(九首)[①]

小诗(一)

感谢生命的讽刺嘲弄着我,
会唱的喉咙哑成了无言的歌。
一片轻纱似的情绪,本是空灵,
现时上面全打着拙笨补丁。

肩头上先是挑起两担云彩,
带着光辉要在从容天空里安排;
如今黑压压沉下现实的真相,
灵魂同饥饿的脊梁将一起压断!

[①] 此九首诗创作于不同时间,首次发表于1948年5月《文学杂志》第2卷第12期,以《病中杂诗》(九首)为诗名。

我不敢问生命现在人该当如何
喘气！经验已如旧鞋底的穿破，
这纷歧道路上，石子和泥土模糊，
还是赤脚方便，去认取新的辛苦。

小诗（二）

小蚌壳里有所有的颜色；
整一条虹藏在里面。
绚彩的存在是他的秘密，
外面没有夕阳，也不见雨点。

黑夜天空上只一片渺茫；
整宇宙星斗那里闪亮，
远距离光明如无边海面，
是每小粒晶莹，给了你方向。

恶劣的心绪

我病中，这样缠住忧虑和烦忧，
好像西北冷风，从沙漠荒原吹起，
逐步吹入黄昏街头巷尾的垃圾堆；
在霉腐的琐屑里寻讨安慰，
自己在万物消耗以后的残骸中惊骇，
又一点一点给别人扬起可怕的尘埃！

吹散记忆正如陈旧的报纸飘在各处彷徨,
破碎支离的记录只颠倒提示过去的骚乱。
多余的理性还像一只饥饿的野狗
那样追着空罐同肉骨,自己寂寞的追着
咬嚼人类的感伤;生活是什么都还说不上来,
摆在眼前的已是这许多渣滓!
我希望:风停了;今晚情绪能像一场小雪,
沉默的白色轻轻降落地上;
雪花每片对自己和他人都带一星耐性的仁慈,
一层一层把恶劣残破和痛苦的一起掩藏;
在美丽明早的晨光下,焦心暂不必再有,——
绝望要来时,索性是雪后残酷的寒流!

　　　　　三十六年十二月病中动手术前

写给我的大姊

当我去了,还有没说完的话,
好象客人去后杯里留下的茶;
说的时候,同喝的机会,都已错过,
主客黯然,可不必再去惋惜它。
如果有点感伤,你把脸掉向窗外,
落日将尽时,酉天上,总还留有晚霞。

一切小小的留恋算不得罪过,
将尽未尽的衷曲也是常情。
你原谅我有一堆心绪上的闪躲,
黄昏时承认的,否认等不到天明;
有些话自己也还不曾说透,
他人的了解是来自直觉的会心。
当我去了,还有没说完的话,
像钟敲过后,时间在悬空里暂挂,
你有理由等待更美好的继续;
对忽然的终止,你有理由惧怕。
但原谅吧,我的话语永远不能完全,
亘古到今情感的矛盾做成了嘶哑。

一天

今天十二个钟头,
是我十二个客人,
每一个来了,又走了,
最后夕阳拖着影子也走了!
我没有时间盘问我自己胸怀,
黄昏却蹑着脚,好奇地偷着进来!
我说,朋友,这次我可不对你诉说啊,
每次说了,伤我一点骄傲。
黄昏黯然,无言地走开,

孤单的,沉默的,我投入夜的怀抱。

一九四二年春,李庄

对残枝

梅花你这些残了后的枝条,
是你无法诉说的哀愁!
今晚这一阵雨点落过以后,
我关上窗子又要同你分手。

但我幻想夜色安慰你伤心,
下弦月照白了你,最是同情,
我睡了,我的诗记下你的温柔,
你不妨安心放芽去做成绿荫。

对北门街园子

别说你寂寞;大树拱立,
草花烂漫,一个园子永远
睡着;没有脚步的走响。

你树梢盘着飞鸟,每早云天
吻你额前,每晚你留下对话,
正是西山最好的夕阳。

十一月的小村

我想象我在轻轻的独语：
十一月的小村外是怎样个去处？
是这渺茫江边淡泊的天，
是这映红了的叶子疏疏隔着雾；
是乡愁，是这许多说不出的寂寞；
还是这条独自转折来去的山路？
是村子迷惘了，绕出一丝丝青烟；
是那白沙一片篁竹围着的茅屋？
是枯柴爆裂着灶火的声响，
是童子缩颈落叶林中的歌唱？
是老农随着耕牛，远远过去，
还是那坡边零落在吃草的牛羊？
是什么做成这十一月的心，
十一月的灵魂又是谁的病？
山拗子叫我立住的仅是一面黄土墙；
下午透过云霾那点子太阳！
一棵野藤绊住一角老墙头，斜睨
两根青石架起的大门，倒在路旁
无论我坐着，我又走开，
我都一样心跳；我的心前
虽然烦乱，总象绕着许多云彩，

但寂寂一湾水田,这几处荒坟,
它们永说不清谁是这一切主宰
我折一根柱枝,看下午最长的日影
要等待十一月的回答微风中吹来。

一九四四年初冬,李庄

忧郁

忧郁自然不是你的朋友;
但也不是你的敌人,你对他不能冤屈!
他是你强硬的债主,你呢?是
把自己灵魂给他的赌徒。

你曾那样拿理想赌博,不幸
你输了;放下精神最后保留的田产,
最有价值的衣裳,然后一切你都
赔上,连自己的情绪和信仰,那不是自然?

你的债权人他是,那么,别净问他脸貌
到底怎样!呀天,你如果一定要看清
今晚这里有盏小灯,灯下你无妨同他
面对面,你是这样的绝望,他是这样无情!

昆明即景[1]

一 茶铺

这是立体的构画,
描在这里许多样脸
在顺城脚的茶铺里
隐隐起喧腾声一片。

各种的姿势,生活
刻画着不同方面:
茶座上全坐满了,笑的,
皱眉的,有的抽着旱烟。

---

[1] 发表于 1948 年 2 月 22 日《经世日报·文艺周刊》第 58 期。

老的，慈祥的面纹，
年轻的，灵活的眼睛，
都暂要时间茶杯上
停住，不再会扰乱心情！

一天一整串辛苦，
此刻才赚回小把安静，
夜晚回家，还有远路，
白天，谁有工夫闲看云影？

不都为着真的口渴，
四面窗开着，喝茶，
跷起膝盖的是疲乏，
赤着臂膀好同乡邻闲话。

也为了放下扁担同肩背
向运命喘息，倚着墙，
每晚靠这一碗茶的生趣
幽默估量生的短长……

这是立体的构画，
设色在小生活旁边，
荫凉南瓜棚下茶铺，

照样热闹的又过了一天!

二 小楼

张大爹临街的矮楼,
半藏着,半挺着,立在街头,
瓦覆着它,窗开一条缝,
夕阳染红它,如写下古远的梦。

矮檐上长点草,也结过小瓜,
破石子路在楼前,无人种花,
是老坛子,瓦罐,大小的相伴;
尘垢列出许多风趣的凌乱。

但张大爹走过,不吟咏它好;
大爹自己(上年纪了)不相信古老。
他拐着杖常到隔壁沽酒,
宁愿过桥,土堤去看新柳!

一串疯话[1]

好比这树丁香,几支山红杏
相信我的心里留着一串话
绕着许多叶子,青青的沉静
风露日夜,只盼五月来开开花

如果你是五月,八百里为我吹开
蓝空上霞彩,那样子来了春天
忘掉腼腆,我定要转过脸来。
把一串疯话全说在你的面前。

---

[1] 发表于1948年2月22日《经世日报·文艺周刊》第58期。

吊玮德[1]

玮德,是不是那样,

你觉到乏了,有点儿

不耐烦,

并不为别的缘故

你就走了,

向着哪一条路?

玮德你真是聪明;

早早的让花开过了

那顶鲜妍的几朵,

就选个这样春天的清晨,

挥一挥袖

---

[1] 发表于1935年6月《文艺月刊》第7卷第6期。

对着晓天的烟霞
走去,轻轻地,轻轻地
背向着我们。
春风似的不再停住!

春风似的吹过,
你却留下
永远的那么一颗
少年人的信心;
少年的微笑
和悦的
洒落在别人的新枝上。
我们骄傲
你这骄傲
但你,玮德,独不惆怅
我们这一片
懦弱的悲伤?

黯淡是这人间
美丽不常走来
你知道。
歌声如果有,也只在
几个唇边旋转!

一层一层尘埃,
凄怆是各样的安排,
即使狂飙不起,狂飙不起,
这远近苍茫,
雾里狼烟,
谁还看见花开!

你走了,你也走了,
尽走了,再带着去
那些儿馨芳,
那些歌嘹亮,
明天再明天,此后
寂寞的平凡中
都让谁来支持?
一星星理想,难道
从此都空挂到天上?

玮德你真是个诗人
你是这般年轻,好像
天方放晓,钟刚敲响……
你却说倦了,有点儿
不耐烦忍心,
一条虹桥由中间折断,

情愿听杜鹃啼唱，

相信有明月长照，

寒光水底能依稀映成

那一半连环

憧憬中

你诗人的希望！

玮德是不是那样

你觉得乏了，人间的怅惘

你不管

莲叶上笑着展开

浮烟似的诗人的脚步。

你只相信天外那一条路？

二十四年五月十日，北平

我们的雄鸡[1]

我们的雄鸡从没有以为

自己是孔雀

自信他们鸡冠已够他

仰着头漫步——

一个院子他绕上了一遍

仪表风姿

都在群雌的面前!

我们的雄鸡从没有以为

自己是首领

晓色里他只扬起他的呼声

---

[1] *此诗发表时间不详。*

这呼声叫醒了别人

他经济地保留这种叫喊

（保留那规则）

于是便象征了时间！

     一九四八年二月十八日　清华

山中①

紫色山头抱住红叶,将自己影射在山前,
人在小石桥上走过,渺小的追一点子想念。
高峰外云在深蓝天里镶白银色的光转,
用不着桥下黄叶,人在泉边,才记起夏天!

也不因一个人孤独的走路,路更蜿蜒,
短白墙房舍像画,仍画在山坳另一面,
只这丹红集叶替代人记忆失落的层翠,
深浅团抱这同一个山头,惆怅如薄层烟。

山中斜长条青影,如今红萝乱在四面,

---

① 发表于 1937 年 1 月 29 日《大公报·文艺副刊》第 292 期。

百万落叶火焰在寻觅山石荆草边,
当时黄月下共坐天真的青年人情话,相信
那三两句长短,星子般仍挂秋风里不变。

一九三六年秋

古城春景[1]

时代把握不住时代自己的烦恼,——
轻率的不满,就不叫它这时代牢骚——
偏又流成愤怨,聚一堆黑色的浓烟
喷出烟囱,那矗立的新观念,在古城楼对面!

怪得这嫩灰色一片,带疑问的春天
要泥黄色风沙,顺着白洋灰街沿,
再低着头去寻觅那已失落了的浪漫
到蓝布棉帘子,万字栏杆,仍上老店铺门槛?

寻去,不必有新奇的新发现,旧有保障

---

[1] 发表于1937年4月《新诗》第2卷第1期。

即使古老些，需要翡翠色甘蔗做拐杖

来支撑城墙下小果摊，那红鲜的冰糖葫芦

仍然光耀，串串如同旧珊瑚，还不怕新时代的尘土。

        二十六年春，北平

忆[1]

新年等在窗外,一缕香,
枝头刚放出一半朵红。
心在转,你曾说过的
几句话,白鸽似的盘旋。

我不曾忘,也不能忘
那天的天澄清的透蓝,
太阳带点暖,斜照在
每棵树梢头,像凤凰。

是你在笑,仰脸望,

---

[1] 发表于1934年6月《学文》第1卷第2期。

多少勇敢话那天,你我
全说了,——像张风筝
向蓝穹,凭一线力量。

$\qquad$ 二十二年年岁终

静院①

你说这院子深深的——
美从不是现成的。
这一掬静,
到了夜,你算,
就需要多少铺张?
月圆了残,叫卖声远了,
隔过老杨柳,一道墙,又转,
初一? 凑巧谁又在烧香,……
离离落落的满院子,
不定是神仙走过,
仅是迷惘,像梦,……
窗槛外或者是暗的,

---

① 发表于 1936 年 4 月 12 日《大公报·文艺副刊》第 122 期。

或透那么一点灯火。

这掬静,院子深深的
——有人也叫它做情绪——
情绪,好,你指点看
有不有轻风,轻得那样
没有声响,吹着凉?
黑的屋脊,自己的,人家的,
兽似的背耸着,又像
寂寞在嘶声的喊!
石阶,尽管沉默,你数,
多少层下去,下去,
是不是还得栏杆,斜斜的
双树的影去支撑?

对了,角落里边
还得有人低着头脸。
会忘记又会记起,——会想,
——那不论——或者是
船去了,一片水,或是
小曲子唱得嘹亮;
或是枝头粉黄一朵,
记不得谁了,有向谁认错!

又是多少年前，——夏夜。

有人说：

"今夜，天，……"（也许是秋夜）

又穿过藤萝，

指着一边，小声的，"你看，

星子真多！"

草上人描者影子；

那样点头，走，

又有人笑，……

静，真的，你可以相信

这平铺的一片——

不单是月光，星河，

雪和萤虫也远——

夜，情绪，进展的音乐，

如果慢弹的手指

能轻似蝉翼，

你拆来开看，纷纭，

那玄微的细网

怎样深沉的拢住天地，

又怎样交织成

这细致飘渺的彷徨！

二十五年一月

微光[1]

街上没有光,没有灯,
店廊上一角挂着有一盏;
他和她把他们一家的运命
含糊的,全数交给这暗淡。

街上没有光,没有灯,
店窗上,斜角,照着有半盏。
合家大小朴实的脑袋,
并排儿,熟睡在土炕上。

外边有雪夜,有泥泞;

---

[1] 发表于 1933 年 9 月 27 日《大公报·文艺副刊》。

砂锅里有不够明日的米粮；
小屋，静守住这微光，
缺乏着生活上需要的各样。

缺的是把干柴；是杯水；麦面……
为这吃的喝的，本说不到信仰，——
生活已然，固定的，单靠气力，
在肩臂上边，来支持那生的胆量。

明天，又明天，又明天……
一切都限定了，谁还说希望，——
即使是做梦，在梦里，闪着，
仍旧是这一粒孤勇的光亮？

街角里有盏灯，有点光，
挂在店廊；照在窗槛；
他和她，把他们一家的运命
明白的，全数交给这凄惨。

二十二年九月

散文

悼志摩[1]

十一月十九日我们的好朋友,许多人都爱戴的新诗人——徐志摩突兀地,不可信的,残酷的,在飞机上遇险而死去。这消息在二十日的早上像一根针刺触到许多朋友的心上,顿使那一早的天墨一般地昏黑,哀恸的咽哽锁住每一个人的嗓子。

志摩……死……谁曾将这两个句子联在一处想过!他是那样活泼的一个人,那样刚刚站在壮年的顶峰上的一个人。朋友们常常惊讶他的活动,他那像小孩般的精神和认真,谁又会想到他死?

突然的,他闯出我们这共同的世界,沉入永远的静寂,不给我们一点预告,一点准备,或是一个最后希望的余地。

---

[1] 原刊 1931 年 12 月 7 日《北平晨报》。

这种几乎近于忍心的决绝，那一天不知震麻了多少朋友的心？现在那不能否认的事实，仍然无情地挡住我们前面。任凭我们多苦楚的哀悼他的惨死，多迫切的希翼能够仍然接触到他原来的音容，事实是不会为体贴我们这悲念而有些须更改；这难堪的永远静寂和消沉便是死的最残酷处。

我们不迷信的，没有宗教地望着这死的帷幕，更是丝毫没有把握。张开口我们不会呼吁，闭上眼不会入梦，徘徊在理智和情感的边沿，我们不能预期后会，对这死，我们只是永远发怔，吞咽枯涩的泪；待时间来剥削着哀恸的尖锐，痂结我们每次悲悼的创伤。那一天下午初得到消息的许多朋友不是全跑到胡适之先生家里吗？但是除去拭泪相对，默然围坐外，谁也没有主意，谁也不知有什么话说，对这死！

谁也没有主意，谁也没有话说！事实不容我们安插任何的希望，情感不容我们不伤悼这突兀的不幸，理智又不容我们有超自然的幻想！默然相对，默然围坐……而志摩则仍是死去没有回头，没有音讯，永远地不会回头，永远地不会再有音讯。

我们中间没有绝对信命运之说的，但是对着这不测的人生，谁不感到惊异，对着那许多事实的痕迹又如何不感到人力的脆弱，智慧的有限。世事尽有定数？世事尽是偶然？对这永远的疑问我们什么时候能有完全的把握？

在我们前边展开的只是一堆坚质的事实：

"是的，他十九晨有电报来给我……

"十九早晨,是的!说下午三点准到南苑,派车接……

"电报是九时从南京飞机场发出的……

"刚是他开始飞行以后所发……

"派车接去了,等到四点半……说飞机没有到……

"没有到……航空公司说济南有雾……很大……"只是一个钟头的差别;下午三时到南苑,济南有雾!谁相信就是这一个钟头中便可以有这么不同事实的发生,志摩,我的朋友!

他离平的前一晚我仍见到,那时候他还不知道他次晨南旅的,飞机改期过三次,他曾说如果再改下去,他便不走了的。我和他同由一个茶会出来,在总布胡同口分手。在这茶会里我们请的是为太平洋会议来的一个柏雷博士,因为他是志摩生平最爱慕的女作家曼殊斐儿①的姐丈,志摩十分的殷勤;希望可以再从柏雷口中得些关于曼殊斐儿早年的影子,只因限于时间,我们茶后匆匆地便散了。晚上我有约会出去了,回来时很晚,听差说他又来过,适遇我们夫妇刚走,他自己坐了一会儿,喝了一壶茶,在桌上写了些字便走了。我到桌上一看:

"定明早六时飞行,此去存亡不卜……"我怔住了,心中一阵不痛快,却忙给他一个电话。

"你放心。"他说,"很稳当的,我还要留着生命看更

---

① 曼殊斐儿:即曼斯菲尔德(1888—1923),英国女作家。

伟大的事迹呢，哪能便死？……"

话虽是这样说，他却是已经死了整两周了！

凡是志摩的朋友，我相信会懂得，死去他这样一个朋友是怎么一回事！

现在这事实一天比一天更结实，更固定，更不容否认。志摩是死了，这个简单残酷的实际早又添上时间的色彩，一周，两周，一直的增长下去……

我不该在这里语无伦次的尽管呻吟我们做朋友的悲哀情绪。归根说，读者抱着我们文字看，也就是像志摩的请柏雷一样，要从我们口里再听到关于志摩的一些事。这个我明白，只怕我不能使你们满意，因为关于他的事，动听的，使青年人知道这里有个不可多得的人格存在的，实在太多，决不是几千字可以表达得完。谁也得承认像他这样的一个人世间便不轻易有几个的，无论在中国或是外国。

我认得他，今年整十年，那时候他在伦敦经济学院，尚未去康桥。我初次遇到他，也就是他初次认识到影响他迁学的狄更生先生。不用说他和我父亲最谈得来，虽然他们年岁上差别不算少，一见面之后便互相引为知己。他到康桥之后由狄更生介绍进了皇家学院，当时和他同学的有我姐夫温君源宁。一直到最近两个月中源宁还常在说他当时的许多笑话，虽然说是笑话，那也是他对志摩最早的一个惊异的印象。志摩认真的诗情，绝不含有任何矫伪，他那种痴，那种孩子似的天真实能令人惊讶。源宁说，有一天他在校舍里读书,外边下起了倾盆大雨——唯是英伦那样的岛国才有的狂雨——忽然他听到有人猛敲他的房门,外边跳进一个被雨水淋得全湿的客人。不用说便是志摩,他一进门一把扯着源宁向外跑,说快来我们到桥上去等着。这一来把源宁怔住了,他问志摩等什么在这大雨里。志摩睁大了眼睛,孩子似的高兴地说"看雨后的虹去"。源宁不止说他不去,并且劝志摩趁早将湿透的衣服换下,再穿上雨衣出去,英国的湿气岂是儿戏,志摩不等他说完,一溜烟地自己跑了。

  以后我好奇地曾问过志摩这故事的真确,他笑着点头承认这全段故事的真实。我问:那么下文呢,你立在桥上等了多久,并且看到虹了没有?他说记不清但是他居然看到了虹。我诧异地打断他对那虹的描写,问他:怎么他便知道,准会有虹的。他得意地笑答我说:"完全诗意的信仰!"

  "完全诗意的信仰",我可要在这里哭了!也就是为这"诗意的信仰"他硬要借航空的方便达到他"想飞"的宿愿!"飞机是很稳当的"他说,"如果要出事那是我的运命!"他真对运命这样完全诗意的信仰!

  志摩我的朋友,死本来也不过是一个新的旅程,我们没有到过的,不免过分地怀疑,死不定就比这生苦,"我们不能轻易断定那一边没有阳光与人情的温慰",但是我前边说过最难堪的是这永远的静寂。我们生在这没有宗教的时代,对这死实在太没有把握了。这以后许多思念你的日子,怕要全是昏暗的苦楚,不会有一点点光明,除非我也有你那美丽的诗意的信仰！

我个人的悲绪不禁又来扰乱我对他生前许多清晰的回忆，朋友的原谅。

诗人的志摩用不着我来多说，他那许多诗文便是估价他的天平。我们新诗的历史才是这样的短，恐怕他的判断人尚在我们儿孙辈的中间。我要谈的是诗人之外的志摩。人家说志摩的为人只是不经意的浪漫，志摩的诗全是抒情诗，这断语从不认识他的人听来可以说很公平，从他朋友们看来实在是对不起他。志摩是个很古怪的人，浪漫固然，但他人格里最精华的却是他对人的同情，和蔼，和优容；没有一个人他对他不和蔼，没有一种人，他不能优容，没有一种的情感，他绝对地不能表同情。我不说了解，因为不是许多人爱说志摩最不解人情么？我说他的特点也就在这上头。

我们寻常人就爱说了解；能了解的我们便同情，不了解的我们便很落寞乃至于酷刻。表同情于我们能了解的，我们以为很适当；不表同情于我们不能了解的，我们也认为很公平。志摩则不然，了解与不了解，他并没有过分地夸张，他只知道温存，和平，体贴，只要他知道有情感的存在，无论出自何人，在何等情况下，他理智上认为适当与否，他全能表几分同情，他真能体会原谅他人与他自己不相同处。从不会刻薄地单支出严格的迫仄的道德的天平指摘凡是与他不同的人。他这样的温和，这样的优容，真能使许多人惭愧，我可以忠实地说，至少他要比我们多数的人伟大许多；他觉得人类各种的情感动作全有它不同的,价值放大了的人类的眼光,同情是不该只限于我们划定的范围内。他是对的,朋友们,归根说,我们能够懂得几个人,了解几桩事,几种情感?哪一桩事,哪一个人没有多面的看法!为此说来志摩的朋友之多,不是个可怪的事;凡是认得他的人不论深浅对他全有特殊的感情,也是极为自然的结果。而反过来看他自己在他一生的过程中却是很少得着同情的。不止如是,他还曾为他的一点理想的愚诚几次几乎不见容于社会。但是他却未曾为这个鄙吝他给他人的同情心,他的性情,不曾为受了刺激而转变刻薄暴戾过,谁能不承认他几有超人的宽量。

志摩的最动人的特点,是他那不可信的纯净的天真,对他的理想的愚诚,对艺术欣赏的认真,体会情感的切实,全是难能可贵到极点。他站在雨中等虹,他甘冒社会的大不韪争他的恋爱自由;他坐曲折的火车到乡间去拜哈代,他抛弃博士一类的引诱卷了书包到英国,只为要拜罗素做老师,他为了一种特异的境遇,一时特异的感动,从此在生命途中冒险,从此抛弃所有的旧业,只是尝试写几行新诗——这几年新诗尝试的运命并不太令人踊跃,冷嘲热骂只是家常便饭——他常能走几里路去采几茎花,费许多周折去看一个朋友说两句话;这些,还有许多,都不是我们寻常能够轻易了解的神秘。我说神秘,其实竟许是傻,是痴!事实上他只是比我们认真,虔诚到傻气,到痴!他愉快起来他的快乐的翅膀可以碰得到天,他忧伤起来,他的悲戚是深得没有底。

寻常评价的衡量在他手里失了效用,利害轻重他自有他的看法,纯是艺术的情感脱离寻常的原则,所以往常人常听到朋友们说到他总爱带着嗟叹的口吻说:"那是志摩,你又有什么法子!"他真的是个怪人吗?朋友们,不,一点都不是,他只是比我们近情,比我们热诚,比我们天真,比我们对万物都更有信仰,对神,对人,对灵,对自然,对艺术!

朋友们,我们失掉的不止是一个朋友,一个诗人,我们丢掉的是个极难得可爱的人格。

至于他的作品全是抒情的吗?他的兴趣只限于情感吗?更是不对。志摩的兴趣是极广泛的。他始终极喜欢天文,他对天上星宿的名字和部位就认得很多,最喜暑夜观星,好几次他坐火车都是带着关于宇宙的科学的书。他曾经译过爱因斯坦的相对论,并且在一九二二年便写过一篇关于相对论的东西登在《民铎》杂志上。他常向思成说笑:"任公[①]先生的相对论的知识还是从我徐君志摩大作上得来的呢,因为他说他看过许多关于爱因斯坦的哲学都未曾看懂,看到志摩的那篇才懂了。"今夏我在香山养病,他常来闲谈,有一天谈到他幼年上学的经过和美国克莱克大学两年学经济学的景况,我们不禁对笑了半天,后来他在他的《猛虎集》的"序"里也说了那么一段。可是奇怪的!他不象许多天才,幼年里上学,不是不及格,便是被斥退,他是常得优等的,听说有一

---

① 指梁启超。

次康乃尔暑校里一个极严的经济教授还写了信去克莱克大学教授那里恭维他的学生，关于一门很难的功课。我不是为志摩在这里夸张，因为事实上只有为了这桩事，今夏志摩自己便笑得不亦乐乎！

此外他的兴趣对于戏剧绘画都极深浓，戏剧不用说，与诗文是那么接近，他领略绘画的天才也颇为可观，后期印象派的几个画家，他都有极精密的爱恶，对于文艺复兴时代那几位，他也很熟悉，他最爱鲍蒂切利①和达文骞②。自然他也常承认文人喜画常是间接地受了别人论文的影响，他的，就受了法兰③（ROGERFRY）和斐德④（WALTERPATER）的不少。对于建筑审美他常常对思成和我道歉说："太对不起，我的建筑常识全是RUSKINS那一套。"他知道我们是讨厌RUSKINS的。但是为看一个古建的残址，一块石刻，他比任何人都热心，都更能静心领略。

他喜欢色彩，虽然他自己不会作画，暑假里他曾从杭州给我几封信，他自己叫它们做"描写的水彩画"，他用英文极细致地写出西（边）桑田的颜色，每一分嫩绿，每一色鹅黄，他都仔细地观察到。又有一次他望着我园里一带断墙半晌不语，过后他告诉我说，他正在默默体会，想要描写那墙

---

① 鲍蒂切利：现译为米开朗琪罗·博纳罗蒂。
② 达文骞：现译为达·芬奇。
③ 法兰，现译为罗杰·弗莱，英国艺术史家、艺术批评家和美学家。
④ 斐德：现译为瓦尔特·佩特，英国批评家。

上向晚的艳阳和刚刚入秋的藤萝。

对于音乐，中西的他都爱好，不止爱好，他那种热心便唤醒过北京一次——也许唯一的一次——对音乐的注意。谁也忘不了那一年，克拉斯拉到北京在"真光"拉一个多钟头的提琴。对旧剧他也得算"在行"，他最后在北京那几天我们曾接连地同去听好几出戏，回家时我们讨论的热闹，比任何剧评都诚恳都起劲。

谁相信这样的一个人，这样忠实于"生"的一个人，会这样早地永远地离开我们另投一个世界，永远地静寂下去，不再透些许声息！

我不敢再往下写，志摩若是有灵听到比他年轻许多的一个小朋友拿着老声老气的语调谈到他的为人不觉得不快么？这里我又来个极难堪的回忆，那一年他在这同一个的报纸上写了那篇伤我父亲惨故的文章，这梦幻似的人生转了几个弯，曾几何时，却轮到我在这风紧夜深里握吊他的惨变。这是什么人生？什么风涛？什么道路？志摩，你这最后的解脱未始不是幸福，不是聪明，我该当羡慕你才是。

窗子以外[1]

话从哪里说起？等到你要说话，什么话都是那样渺茫地找不到个源头。

此刻，就在我眼帘底下坐着是四个乡下人的背影：一个头上包着暗黑的白布，两个褪色的蓝布，又一个光头。他们支起膝盖，半蹲半坐的，在溪沿的短墙上休息。每人手里一件简单的东西：一个是白木棒，一个篮子，那两个在树荫底下我看不清楚。无疑地他们已经走了许多路，再过一刻，抽完一筒旱烟以后，是还要走许多路的。兰花烟的香味频频随着微风，袭到我官觉上来，模糊中还有几段山西梆子的声调，虽然他们坐的地方是在我廊子的铁纱窗以外。

铁纱窗以外，话可不就在这里了。永远是窗子以外，不

---

[1] 发表于 1934 年 9 月 5 日《大公报·文艺副刊》第 99 期。

是铁纱窗就是玻璃窗，总而言之，窗子以外！

所有的活动的颜色、声音，生的滋味，全在那里的，你并不是不能看到，只不过是永远地在你窗子以外罢了。多少百里的平原土地，多少区域的起伏的山峦，昨天由窗子外映进你的眼帘，那是多少生命日夜在活动着的所在；每一根青的什么麦黍，都有人流过汗；每一粒黄的什么米粟，都有人吃去；其间还有的是周折，是热闹，是紧张！可是你则并不一定能看见，因为那所有的周折，热闹，紧张，全都在你窗子以外展演着。

在家里吧，你坐在书房里，窗子以外的景物本就有限。那里两树马缨，几棵丁香；榆叶梅横出疯杈的一大枝；海棠因为缺乏阳光，每年只开个两三朵——叶子上满是虫蚁吃的创痕，还卷着一点焦黄的边；廊子幽秀地开着扇子式，六边形的格子窗，透过外院的日光，外院的杂音。什么送煤的来了，偶然你看到一个两个被煤炭染成黔黑的脸；什么米送到了，一个人掮着一大口袋在背上，慢慢踱过屏门；还有自来水，电灯、电话公司来收账的，胸口斜挂着皮口袋，手里推着一辆自行车；更有时厨子来个朋友了，满脸的笑容，"好呀，好呀，"地走进门房；什么赵妈的丈夫来拿钱了，那是每月一号一点都不差的，早来了你就听到两个人唧唧哝哝争吵的声浪。那里不是没有颜色，声音，生的一切活动，只是他们和你总隔个窗子，——扇子式的，六边形的，纱的，玻璃的！

你气闷了把笔一搁说，这叫做什么生活！你站起来，穿上不能算太贵的鞋袜，但这双鞋和袜的价钱也就比——想它做什么，反正有人每月的工资，一定只有这价钱的一半乃至于更少。你出去雇洋车了，拉车的嘴里所讨的价钱当然是要比例价高得多，难道你就傻子似地答应下来？不，不，三十二子，拉就拉，不拉，拉倒！心里也明白，如果真要充内行，你就该说，二十六子，拉就拉——但是你好意思争！

车开始辗动了，世界仍然在你窗子以外。长长的一条胡同，一个个大门紧紧地关着。就是有开的，那也只是露出一角，隐约可以看到里面有南瓜棚子，底下一个女的，坐在小凳上缝缝做做的；另一个，抓住还不能走路的小孩子，伸出头来喊那过路卖白菜的。至于白菜是多少钱一斤，那你是听不见了，车子早已拉得老远，并且你也无需乎知道的。在你每月费用之中，伙食是一定占去若干的。在那一笔伙食费里，白菜又是多么小的一个数。难道你知道了门口卖的白菜多少钱一斤，你真把你哭丧着脸的厨子叫来申斥一顿，告诉他每一斤白菜他多开了你一个"大子儿"？

车越走越远了，前面正碰着粪车，立刻你拿出手绢来，皱着眉，把鼻子蒙得紧紧地，心里不知怨谁好。怨天做的事太古怪；好好的美丽的稻麦却需要粪来浇！怨乡下人太不怕臭，不怕脏，发明那么两个篮子，放在鼻前手车上，推着慢慢走！你怨市里行政人员不认真办事，如此脏臭不卫生的旧习不能改良，十余年来对这粪车难道真无办法？为着强烈的臭气隔着你窗子还不够远,因此你想到社会卫生事业如何还办不好。

路渐渐好起来,前面墙高高的是个大衙门。这里你简直不止隔个窗子,这一带高高的墙是不通风的。你不懂里面有多少办事员,办的都是什么事;多少浓眉大眼的,对着乡下人做买卖的吆喝诈取;多少个又是脸黄黄的可怜虫,混半碗饭分给一家子吃。自欺欺人,里面天天演的到底是什么把戏?但是如果里面真有两三个人拼了命在那里奋斗,为许多人争一点便利和公道,你也无从知道!

到了热闹的大街了,你仍然像在特别包厢里看戏一样,本身不会,也不必参加那出戏;倚在栏杆上,你在审美的领略,你有的是一片闲暇。但是如果这里洋车夫问你在哪里下来,你会吃一惊,仓促不知所答。生活所最必需的你并不缺乏什么,你这出来就也是不必需的活动。

偶一抬头,看到街心和对街铺子前面那些人,他们都是急急忙忙地,在时间金钱的限制下采办他们生活所必需的。

两个女人手忙脚乱地在监督着店里的伙计称秤。二斤四两,二斤四两的什么东西,且不必去管,反正由那两个女人的认真的神气上面看去,必是非同小可,性命攸关的货物。并且如果秤得少一点时,那两个女人为那点吃亏的分量必定感到重大的痛苦;如果秤得多时,那伙计又知道这年头那损失在东家方面真不能算小。于是那两边的争持是热烈的,必需的,大家声音都高一点;女人脸上呈块红色,头发披下了一缕，又用手抓上去；伙计则维持着客气，口里嚷着：错不了，错不了！

热烈的，必需的，在车马纷纭的街心里，忽然由你车边冲出来两个人；男的，女的各各提起两脚快跑。这又是干什么的，你心想，电车正在拐大弯。那两人原就追着电车，由轨道旁边擦过去，一边追着，一边向电车上卖票的说话。电车是不容易赶的，你在洋车上真不禁替那街心里奔走赶车的担心。但是你也知道如果这趟没赶上，他们就可以在街旁站个半点来钟，那些宁可盼穿秋水不雇洋车的人，也就是因为他们的生活而必需计较和节省到洋车同电车价钱上那相差的数目。

此刻洋车跑得很快，你心里继续着疑问你出来的目的，到底采办一些什么必需的货物。眼看着男男女女挤在市场里面，门首出来一个进去一个，手里都是持着包包裹裹，里边虽然不会全是他们当日所必需的，但是如果当中夹着一盒稍微奢侈的物品，则亦必是他们生活中间闪着亮光的一个愉快！你不是听见那人说么？里面草帽，一块八毛五，贵倒贵点，可是"真不赖"！他提一提帽盒向着打招呼的朋友，他摸一摸他那剃得光整的脑袋，微笑充满了他全个脸。那时那一点迸射着光闪的愉快，当然的归属于他享受，没有一点疑问，因为天知道，这一年中他多少次地克己省俭，使他赚来这一次美满的，大胆的奢侈！

那点子奢侈在那人身上所发生的喜悦，在你身上却完全失掉作用，没有闪一星星亮光的希望！你想，整年整月你所花费的，和你那窗子以外的周围生活程度一比较，严格算来，可不都是非常靡费的用途？每奢侈一次，你心上只有多难过一次，所以车子经过的那些玻璃窗口，只有使你更惶恐，更空洞，更怀疑，前后徬徨不着边际。并且看了店里那些形形色色的货物，除非你真是傻子，难道不晓得它们多半是由那一国工厂里制造出来的！奢侈是不能给你愉快的，它只有要加增你的戒惧烦恼。每一尺好看点的纱料，每一件新鲜点的工艺品！

你诅咒着城市生活，不自然的城市生活！检点行装说，走了，走了，这沉闷没有生气的生活，实在受不了，我要换个样子过活去。健康的旅行既可以看看山水古刹的名胜，又可以知道点内地纯朴的人情风俗，走了，走了，天气还不算太坏，就是走他一个月六礼拜也是值得的。

没想到不管你走到那里，你永远免不了坐在窗子以内的。不错，许多时髦的学者常常骄傲地带上"考察"的神气，架上科学的眼镜偶然走到那里一个陌生的地方瞭望，但那无形中的窗子是仍然存在的。不信，你检查他们的行李，有谁不带着罐头食品，帆布床，以及别的证明你还在你窗子以内的种种零星用品，你再摸一摸他们的皮包，那里短不了有些钞票；一到一个地方，你有的是一个提梁的小小世界。不管你的窗子朝向哪里望，所看到的多半则仍是在你窗子以外，隔层玻璃，或是铁纱！隐隐约约你看到一些颜色，听到一些声音，如果你私下满足了，那也没有什么，只是千万别高兴起说什么接触了，认识了若干事物人情，天知道那是罪过！洋鬼子们的一些浅薄，千万学不得。

你是仍然坐在窗子以内的，不是火车的窗子，汽车的窗子，就是客栈逆旅的窗子，再不然就是你自己无形中习惯的窗子，把你搁在里面。接触和认识实在谈不到，得天独厚的闲暇生活先不容你。一样是旅行，如果你背上掮的不是照相机而是一点做买卖的小血本，你就需要全副的精神来走路：你得留神投宿的地方；你得计算一路上每吃一次烧饼和几颗沙果的钱；遇着同行的战战兢兢的打招呼，互相捧出诚意，遇着困难时好互相关照帮忙，到了一个地方你是真带着整个血肉的身体到处碰运气，紧张的境遇不容你不奋斗，不与其他奋斗的血和肉的接触，直到经验使得你认识。

前日公共汽车里一列辛苦的脸，那些谈话，里面就有很多生活的分量。陕西过来作生意的老头和那旁坐的一股客气，是不得已的；由交城下车的客人执着红粉包纸烟递到汽车行管事手里也是有多少理由的，穿棉背心的老太婆默默地挟住一个蓝布包袱，一个钱包，是在用尽她的全副本领的，果然到了冀村，她错过站头，还亏别个客人替她要求车夫，将汽车退行两里路，她还不大相信地望着那村站，口里啰唆着这地方和上次如何两样了。开车的一面发牢骚一面爬到车顶替老太婆拿行李，经验使得他有一种涵养，行旅中少不了有认不得路的老太太，这个道理全世界是一样的，伦敦警察之所以特别和蔼，也是从迷路的老太太孩子们身上得来的。

话说了这许多，你仍然在廊子底下坐着，窗外送来溪流的喧响，兰花烟气味早已消失，四个乡下人这时候当已到了上流"庆和义"磨坊前面。昨天那里磨坊的伙计很好笑的满脸挂着麦粉，让你看着磨坊的构造；坊下的木轮，屋里旋转着的石碾，又在高低的院落里，来回看你所不经见的农具在日影下列着。院中一棵老槐、一丛鲜艳的杂花、一条曲曲折折引水的沟渠，伙计和气地说闲话。他用着山西口音，告诉你，那里一年可出五千多包的麦粉，每包的价钱约略两块多钱。又说这十几年来，这一带因为山水忽然少了，磨坊关闭了多少家，外国人都把那些磨坊租去作他们避暑的别墅。惭愧的你说，你就是住在一个磨坊里面，他脸上堆起微笑，让麦粉一星星在日光下映着，说认得认得，原来你所租的磨坊主人，一个外国牧师，待这村子极和气，乡下人和他还都有好感情。

这真是难得了，并且好感的由来还有实证。就是那一天早上你无意中出去探古寻胜，这一省山明水秀，古刹寺院，动不动就是宋辽的原物，走到山上一个小村的关帝庙里，看到一个铁铎，刻着万历年号，原来是万历赐这村里庆成王的后人的，不知怎样流落到卖古董的手里。七年前让这牧师买去，晚上打着玩，嘹亮的钟声被村人听到，急忙赶来打听，要凑原价买回，情辞恳切。说起这是他们吕姓的祖传宝物，决不能让它流落出境，这牧师于是真个把铁铎还了他们，从此便在关帝庙神前供着。

这样一来你的窗子前面便展开了一张浪漫的图画，打动了你的好奇，管它是隔一层或两层窗子，你也忍不住要打听点底细，怎么明庆成王的后人会姓吕！这下子文章便长了。

如果你的祖宗是皇帝的嫡亲弟弟，你是不会，也不愿，忘掉的。据说庆成王是永乐①的弟弟，这赵庄村里的人都是他的后代。不过就是因为他们记得太清楚了，另一朝的皇帝都有些老大不放心，雍正间诏命他们改姓，由姓朱改为姓吕，但是他们还有用二十字排行的方法，使得他们不会弄错他们是这一派子孙。

这样一来你就有点心跳了，昨天你雇来那打水洗衣服的不也是赵庄村来的，并且还姓吕！果然那土头土脑圆脸大眼的少年是个皇裔贵族，真是有失尊敬了。那么这村子一定穷不了，但事实上则不见得。

田亩一片，年年收成也不坏。家家户户门口有特种围墙，像个小小堡垒——当时防匪用的。屋子里面有大漆衣柜衣箱，柜门上白铜擦得亮亮；炕上棉被红红绿绿也颇鲜艳。可是据说关帝庙里已有四年没有唱戏了，虽然戏台还高巍巍的对着正殿。村子这几年穷了，有一位王孙告诉你，唱戏太花钱，尤其是上边使钱。这里到底是隔个窗子，你不懂了，一样年年好收成，为什么这几年村子穷了，只模模糊糊听到

---

① 指明成祖朱棣。

什么军队驻了三年多等,更不懂是,村子向上一年辛苦后的娱乐,关帝庙里唱唱戏,得上面使钱?既然隔个窗子听不明白,你就通气点别尽管问了。

隔着一个窗子你还想明白多少事?昨天雇来吕姓倒水,今天又学洋鬼子东逛西逛,跑到下面养有鸡羊,上面挂有武魁匾额的人家,让他们用你不懂得的乡音招呼你吃菜,炕上坐,坐了半天出到门口,和那送客的女人周旋客气了一回,才恍然大悟,她就是替你倒脏水洗衣裳的吕姓王孙的妈,前晚上还送饼到你家来过!

这里你迷糊了。算了算了!你简直老老实实地坐在你窗子里得了,窗子以外的事,你看了多少也是枉然,大半你是不明白,也不会明白的。

纪念志摩去世四周年①

今天是你走脱这世界的四周年！朋友，我们这次拿什么来纪念你？前两次的用香花感伤的围上你的照片，抑住嗓子底下叹息和悲哽，朋友和朋友无聊的对望着，完成一种纪念的形式，俨然是愚蠢的失败。因为那时那种近于伤感，而又不够宗教庄严的举动，除却点明了你和我们中间的距离，生和死的间隔外，实在没有别的成效；几乎完全不能达到任何真实纪念的意义。

去年今日我意外的由浙南路过你的家乡，在昏沉的夜色里我独立火车门外，凝望着那幽暗的站台，默默的回忆许多不相连续的过往残片，直到生和死间居然幻成一片模糊，人生和火车似的蜿蜒一串疑问在苍茫间奔驰。我想起你的：

---

① 发表于 1935 年 12 月 8 日《大公报·文艺副刊》第 56 期。

> 火车擒住轨,在黑夜里奔
> 过山,过水,过……

如果那时候我的眼泪曾不自主的溢出睫外,我知道你定会原谅我的。你应当相信我不会向悲哀投降,什么时候我都相信倔犟的忠于生的,即使人生如你底下所说:

> 就凭那精窄的两道,算是轨,
> 驮着这份重,梦一般的累赘!

就在那时候我记得火车慢慢的由站台拖出,一程一程的前进,我也随着酸怆的诗意,那"车的呻吟","过荒野,过池塘,……过噤口的村庄"。到了第二站——我的一半家乡。

今年又轮到今天这一个日子!世界仍旧一团糟,多少地方是黑云布满着粗筋络往理想的反面猛进,我并不在瞎说,当我写:

> 信仰只一细炷香,
> 那点子亮再经不起西风
> 沙沙的隔着梧桐树吹

朋友，你自己说，如果是你现在坐在我这位子上，迎着这一窗太阳；眼看着菊花影在墙上描画作态；手臂下倚着两叠今早的报纸；耳朵里不时隐隐的听着朝阳门外"打靶"的枪弹声；意识的，潜意识的，要明白这生和死的谜，你又该写成怎样一首诗来，纪念一个死别的朋友？

此时，我却是完全的一个糊涂！习惯上我说，每桩事都像是造物的意旨，归根都是运命，但我明知道每桩事都像有我们自己的影子在里面烙印着！我也知道每一个日子是多少机缘巧合凑拢来拼成的图案，但我也疑问其间的排布谁是主宰。据我看来：死是悲剧的一章，生则更是一场悲剧的主干！我们这一群剧中的角色自身性格与性格矛盾；理智与情感两不相容；理想与现实当面冲突，侧面或反面激成悲哀。日子一天一天向前转，昨日和昨日堆垒起来混成一片不可避脱的背景，做成我们周遭的墙壁或气氲，那么结实又那么缥缈，使我们每一个人站在每一天的每一个时候里都是那么主要，又是那么渺小无能为！

此刻我几乎找不出一句话来说，因为，真的，我只是个完全的糊涂；感到生和死一样的不可解，不可懂。

但是我却要告诉你，虽然四年了你脱离去我们这共同活动的世界，本身停掉参加牵引事体变迁的主力，可是谁也不能否认，你仍立在我们烟涛渺茫的背景里，间接的是一种力量，尤其是在文艺创造的努力和信仰方面。间接的你任凭自然的音韵，颜色，不时的风轻月白，人的无定律的一切情感，悠断悠续的仍然在我们中间继续着生，仍然与我们共同交织着这生的纠纷，继续着生的理想。你并不离我们太远。你的身影永远挂在这里那里，同你生前一样的心旋转。

　　说到您的诗，朋友，我正要正经的同你再说一些话。你不要不耐烦，这话迟早我们总要说清的。人说盖棺论定，前者早已成了事实，这后者在这四年中，说来叫人难受，我还未曾谈到一篇中肯或诚实的论评，虽然对你的赞美和攻讦由你去世后一两周间，就纷纷开始了。但是他们每人手里拿的都不像纯文艺的天秤；有的喜欢你的为人；有的疑问你私人的道德；有的单单尊崇你诗中所表现的思想哲学，有的仅喜爱那些软弱的细致的句子，有的每发议论必须牵涉到你的个人生活之合乎规矩方圆，或断言你是轻薄，或引证你是浮奢豪侈！朋友，我知道你从不介意过这些，许多人的浅陋老实或刻薄处你早就领略过一堆，你不止未曾生过气，并且常常表示怜悯同原谅；你的心情永远是那么洁净；头老抬得那么高；胸中老是那么完整的诚挚；臂上老有那么许多不折不挠的勇气。但是现在的情形与以前却稍稍不同，你自己既已不在这里，做你朋友的，眼看着你被误解，曲解，乃至于谩骂，有时真忍不住替你不平。但你可别误会我心眼儿窄，把不相干的看成重要，我也知道误解曲解谩骂，都是不相干的，但是朋友，我们谁都需要有人了解我们的时候，真了解了我们，即使是痛下针砭，骂着了我们的弱处错处，那整个的我们却因而更增添了意义，一个作家文艺的总成绩更需要一种就文论文，就艺术论艺术的和平判断。

你在《猛虎集》序中说"世界上再没有比写诗更惨的事，"你却并未说明为什么写诗是一桩惨事，现在让我来个注脚好不好？我看一个人一生为着一个愚诚的倾向，把所感受到的复杂的情绪尝味到的生活，放到自己的理想和信仰的锅炉里烧炼成几句悠扬铿锵的语言，（那怕是几声小唱），来满足他自己本能的艺术的冲动，这本来是个极寻常的事，那一个地方那一个时代，都不断有这种人。轮着做这种人的多半是为着他情感来的比寻常人浓富敏锐，而为着这情感而发生的冲动更是非实际的——或不全是实际的——追求。而需要那种艺术的满足而已。说起来写诗的人的动机多么简单可怜，正是如你序里所说"我们都是受支配的善良的生灵"！虽然有些诗人因为他们的成绩特别高厚旷阔包括了多数人，或整个时代的艺术和思想的冲动，从此便在人中间披上神秘的光圈，使"诗人"两字无形中挂着崇高的色彩。

这样使一般努力于用韵文表现或描画人在自然万物相交错的情绪思想的，便被人的成见看作夸大狂的旗帜需要同时代人的极冷酷的讥讪和不信任来扑灭它，以挽救人类的尊严和健康。

我承认写诗是惨淡经营，孤立在人中挣扎的勾当，但是因为我知道太清楚了。你在这上面单纯的信仰和诚恳的尝试，为同业者奋斗，卫护他们情感的愚诚，称扬他们艺术的创造自己从未曾求过虚荣，我觉得你始终是很逍遥舒畅的。

如你自己所说"满头血水"你"仍不曾低头",你自己相信"一点性灵还在那里挣扎","还想在实际生活的重重压迫下透出一些声响来"。

简单的说,朋友,你这写诗的动机是坦白不由自主的,你写诗的态度是诚实,勇敢,而倔强的。这在讨论你诗的时候,谁都先得明了的。

至于你诗的技巧问题,艺术上的造诣,在几乎没有一定的定义时代,转入这讨论外形内容,以至于音节韵脚章句意象组织等艺术技巧问题的时期,即是根据着对这方面努力尝试过的那一些诗,你的头两个诗集子就是供给这些讨论见解最多材料的根据。外国的土话说"马总得放在马车的前面",不是?没有一些尝试的成绩放在那里,理论家是不能老在那里发一堆空头支票的,不是?

你自己一向不止在那里倔犟的尝试用功,你还曾用尽你所有活泼的热心鼓励别人尝试,鼓励"时代"起来尝试,——这种工作是最犯风头嫌疑的,也只有你胆子大头皮硬顶得下来!我还记得你要印诗集子时我替你捏一把汗,老实说还替你在有文采的老前辈中间难为情过,我也记得我初听到人家找你办《晨报副刊》时我的焦急,但你居然板起个脸抓起两把鼓锤子为文艺吹打开路乃至于扫地,铺鲜花,不顾旧势力的非难,新势力的怀疑,你干你的事"事在人为,做了再说"那股子劲,以后别处也还很少见。

现在你走了这些事渐渐在人的记忆中模糊下来,你的诗和文也散漫在各小本集子里压在有极新鲜的封皮的新书后面，谁说起你来，不是马马糊糊的承认你是过去中一个势力，就是拿能够挑剔看轻你的诗为本事。（散文人家很少提到，或许"散文家"没有诗人那么光荣不值得注意）朋友，这是没法子的事，我却一点不为此灰心，因为我有我的信仰。

我认为我们这写诗的动机既如前边所说那么简单愚诚；因在某一时，或某一刻敏锐的接触到生活上的锋芒，或偶然的触遇到理想峰巅上云彩星霞，不由得不在我们所习惯的语言中，编缀出一两串近于音乐的句子来，慰藉自己，解放自己，去追求超实际的真美，读诗者的反应一定有一大半也和我们这写诗的一样诚实天真，仅想在我们句子中间由音乐性的愉悦，接触到一些生活的底蕴渗合着美丽的憧憬；把我们的情绪给他们的情绪搭起一座浮桥，把我们的灵感，给他们生活添些新鲜；把我们的痛苦伤心再揉成他们自己忧郁的安慰！

我们的作品会不会长存下去，也就看它们会不会活在那一些我们从不认识的人，我们作品的读者，散在各时，各处互相不认识的孤单的人的心里的，这事它自己有自己的定律，并不需要我们的关心的。你的诗据我所知道的，它们仍旧在这里浮沉流落，你的影子也就浓浓参差的系在那些诗句中，另一端印在许多不相识人的心里。朋友，你不要过于看轻这种间接的生存，许多热情的人他们会为着你的存在，而加增了生的意识的。伤心的仅是那些你最亲热的朋友们和同兴趣的努力者,你不在他们中间的事实,将要永远是个不能填补的空虚。

你走后大家就提议要为你设立一个"志摩奖金"来继续你鼓励人家努力诗文的素志,勉强象征你那种对于文艺创造拥护的热心,使不及认得你的青年人永远对你保存着亲热。如果这事你不觉到太寒碜不够热气,我希望你原谅你这些朋友们的苦心,在冥冥之中笑着给我们勇气来做这一愚诚的事吧。

二十四年十一月十九日,北平。

蛛丝和梅花[1]

真真地就是那么两根蛛丝,由门框边轻轻地牵到一枝梅花上。就是那么两根细丝,迎着太阳光发亮……再多了,那还像样么?一个摩登家庭如何能容蛛网在光天白日里作怪,管它有多美丽,多玄妙,多细致,够你对着它联想到一切自然,造物的神工和不可思议处;这两根丝本来就该使人脸红,且在冬天够多特别!可是亮亮的,细细的,倒有点像银,也有点像玻璃制的细丝,委实不算讨厌,尤其是它们那么潇脱风雅,偏偏那样有意无意地斜着搭在梅花的枝梢上。

你向着那丝看,冬天的太阳照满了屋内,窗明几净每朵含苞的,开透的,半开的梅花在那里挺秀吐香,情绪不禁迷茫缥缈地充溢心胸,在那刹那的时间中振荡。同蛛丝一样的

---

[1] 发表于1936年2月2日《大公报·文艺副刊》第86期。

细弱，和不必需，思想开始抛引出去：由过去牵到将来，意识的，非意识的，由门框梅花牵出宇宙，浮云沧波踪迹不定。是人性，艺术，还是哲学，你也无暇计较，你不能制止你情绪的充溢，思想的驰骋，蛛丝梅花竟然是瞬息可以千里！

好比你是蜘蛛，你的周围也有你自织的蛛网，细致地牵引着天地，不怕多少次风雨来吹断它，你不会停止了这生命上基本的活动。此刻……"一枝斜好，幽香不知甚处，"……

拿梅花来说吧，一串串丹红的结蕊缀在秀劲的傲骨上，最可爱，最可赏，等半绽将开地错落在老枝上时，你便会心跳！梅花最怕开；开了便没话说。索性残了，沁香拂散同夜里炉火都能成了一种温存的凄清。

记起了，——也就是说到梅花，玉兰。初是有个朋友说起初恋时玉兰刚开完，天气每天的暖，住在湖旁，每夜跑到湖边林子里走路，又静坐幽僻石上看隔岸灯火，感到好像仅有如此虔诚地孤对一片泓碧寒星远市，才能把心里情绪抓紧了，放在最可靠最纯净的一撮思想里，始不至亵渎了或是惊着那"瘑寐思服"的人儿。那是极年轻的男子初恋的情景，——对象渺茫高远，反而近求"自我的"郁结深浅——他问起少女的情绪。

就在这里，忽记起梅花。一枝两枝，老枝细枝，横着，虬着，描着影子，喷着细香；太阳淡淡金色地铺在地板上；

四壁琳琅,书架上的书和书签都像在发出言语;墙上小对联记不得是谁的集句;中条是东坡的诗。你敛住气,简直不敢喘息,踮起脚,细小的身形嵌在书房中间,看残照当窗,花影摇曳,你像失落了什么,有点迷惘。又像"怪东风着意相寻",有点儿没主意!浪漫,极端的浪漫。"飞花满地谁为扫?"你问,情绪风似地吹动,卷过,停留在惜花上面。再回头看看,花依旧嫣然不语。"如此娉婷,谁人解看花意,"你更沉默,几乎热情地感到花的寂寞,开始怜花,把同情统统诗意地交给了花心!

这不是初恋,是未恋,正自觉"解看花意"的时代。情绪的不同,不止是男子和女子有分别,东方和西方也甚有差异。情绪即使根本相同,情绪的象征,情绪所寄托,所栖止的事物却常常不同。水和星子同西方情绪的联系,早就成了习惯。一颗星子在蓝天里闪,一流冷涧倾泻一片幽愁的平静,便激起他们诗情的波涌,心里甜蜜地,热情地便唱着由那些鹅羽的笔锋散下来的"她的眼如同星子在暮天里闪",或是"明丽如同单独的那颗星,照着晚来的天",或"多少次了,在一流碧水旁边,忧愁倚下她低垂的脸。"

惜花,解花太东方,亲昵自然,含着人性的细致是东方传统的情绪。

此外年龄还有尺寸,一样是愁,却跃跃似喜,十六岁时的,微风凌乱,不颓废,不空虚,踮着理想的脚充满希望,东方和西方却一样。人老了脉脉烟雨,愁吟或牢骚多折损诗的活泼。大家如香山，稼轩，东坡，放翁的白发华发，很少不哽在诗里，至少是令人不快。话说远了，刚说是惜花，东方老少都免不了这嗜好，这倒不论老的雪鬓曳杖，深闺里也就攒眉千度。

最叫人惜的花是海棠一类的"春红"，那样娇嫩明艳，开过了残红满地，太招惹同情和伤感。但在西方即使也有我们同样的花，也还缺乏我们的廊庑庭院。有了"庭院深深深几许"才有一种庭院里特有的情绪。如果李易安的"斜风细雨"底下不是"重门须闭"也就不"萧条"得那样深沉可爱；李后主的"终日谁来"也一样的别有寂寞滋味。看花更须庭院，深深锁在里面认识，不时还得有轩窗栏杆，给你一点凭借，虽然也用不着十二栏杆倚遍，那么慵懒无聊。

当然旧诗里伤愁太多；一首诗竟像一张美的证券，可以照着市价去兑现！所以庭花，乱红，黄昏，寂寞太滥，诗常失却诚实。西洋诗，恋爱总站在前头，或是"忘掉"，或是"记起"，月是为爱，花也是为爱，只使全是真情，也未尝不太腻味。就以两边好的来讲。拿他们的月光同我们的月色比，似乎是月色滋味深长得多。花更不用说了；我们的花"不是预备采下缀成花球，或花冠献给恋人的"，却是一树一树绰约的，个性的，自己立在情人的地位上接受恋歌的。

所以未恋时的对象最自然的是花，不是因为花而起的感慨，——十六岁时无所谓感慨，——仅是刚说过的自觉解花的情绪，寄托在那清丽无语的上边，你心折它绝韵孤高，你为花动了感情，实说你同花恋爱，也未尝不可，——那惊讶狂喜也不减于初恋。还有那凝望，那沉思……

一根蛛丝！记忆也同一根蛛丝，搭在梅花上就由梅花枝上牵引出去，虽未织成密网，这诗意的前后，也就是相隔十几年的情绪的联络。

午后的阳光仍然斜照，庭院阒然，离离疏影，房里窗棂和梅花依然伴和成为图案，两根蛛丝在冬天还可以算为奇迹，你望着它看，真有点像银，也有点像玻璃，偏偏那么斜挂在梅花的枝梢上。

一九三六年新年漫记

彼此[1]

朋友又见面了,点点头笑笑,彼此晓得这一年不比往年,彼此是同增了许多经验。个别地说,这时间中每一人的经历虽都有特殊的形相,含着特殊的滋味,需要个别的情绪来分析来描述。

综合地说,这许多经验却是一整片仿佛同式同色,同大小,同分量的迷惘。你触着那一角,我碰上这一头,归根还是那一片迷惘笼罩着彼此。七月!——这两字就如同史歌的开头那么有劲——八月,九月带来了那狂风,后来。后来过了年,——那无法忘记的除夕!——又是那一月,二月,三月,到了七月,再接再厉的又到了年夜。现在又是一月二月在开始……谁记得最清楚,这串日子是怎样地延续下来,生

---

[1] 发表于 1939 年 2 月 5 日《今日评论》第 1 卷第 6 期。

活如何地变？想来彼此都不会记得过分清晰，一切都似乎在迷离中旋转，但谁又会忘掉那么切肤的重重忧患的网膜？

经过炮火或流浪的洗礼，变换又变换的日月，难道彼此脸上没有一点记载这经验的痕迹？但是当整一片国土纵横着创痕，大家都是"离散而相失……去故乡而就远"，自然"心婵媛而伤怀兮，眇不知其所蹠"，脸上所刻那几道并不使彼此惊讶，所以还只是笑笑好。口角边常添几道酸甜的纹路，可以帮助彼此咀嚼生活。何不默认这一点：在迷惘中人最应该有笑，这种的笑，虽然是敛住神经，敛住肌肉，仅是毅力的后背，它却是必需的，如同保护色对于许多生物，是必需的一样。

那一晚在××江心，某一来船的甲板上，热臭的人丛中，他记起他那时的困顿饥渴和狼狈，旋绕他头上的却是那真实倒如同幻象，幻象又成了真实的狂敌杀人的工具，敏捷而近代型的飞机：美丽得像鱼像鸟……这里黯然的一掬笑是必需的，因为同样的另外一个人懂得那原始的骤然唤起纯筋肉反射作用的恐怖。他也正在想那时他在××车站台上露宿，天上有月，左右有人，零落如同被风雨摧落后的落叶，瑟索地蜷伏着，他们心里都在回味那一天他们所初次尝到的敌机的轰炸！谈话就可以这样无限制的延长，因为现在都这样的记忆，——比这样更辛辣苦楚的——在各人心里真是太多了！随便提起一个地名大家所熟悉的都会或商埠，随着全会涌起怎样的一个最后印象！

再说初入一个陌生城市的一天，——这经验现在又多普遍——尤其是在夜间，这里就把个别的形和感触除外，在大家心底曾留下的还不是一剂彼此都熟识的清凉散？苦里带涩，那滋味侵入脾胃时，小小的冷噤会轻轻在背脊上爬过，用不着丝毫锐性的感伤！也许他可以说他在那夜进入某某城内时，看到一列小店门前凄惶的灯，黄黄的发出奇异的晕光，使他嗓子里如梗着刺，感到一种紧的触觉。你能所记得的却是某一号车站后面黯白的煤汽灯射到陌生的街心里，使你心里好像失落了什么。

那陌生的城市，在地图上指出时，你所经过的同他所经过的也可以有极大的距离，你同他当时的形也可以完全的不相同。但是在这里，个别的异同似乎非常之不相干；相干的仅是你我会彼此点头，彼此会意，于是也会彼此地笑笑。

七月在芦沟桥与敌人开火以后，纵横中国土地上的脚印密密地衔接起来，更加增了中国地域广漠的证据。每个人参加过这广漠地面上流转的大韵律的，对于尘土和血，两件在寻常不多为人所理会的，极寻常的天然质素，现在每人在他个别的角上，对它们都生了莫大亲切的认识。每一寸土，每一滴血，这种话，已是可接触，可把持的十分真实的事物，不仅是一句话一个"概念"而已。

在前线的前线，兴奋和疲劳已掺拌着尘土和血另成一种生活的形体魂魄。睡与醒中间，饥与食中间，生和死中间，距离短得几乎不存在！生活只是一股力，死亡一片沉默的恨，事简单得无可再简单。尚在生存着的，继续着是力，死去的也继续着堆积成更大的恨。恨又生力，力又变恨，惘惘地却勇敢地循环着，其他一切则全是悬在这两者中间悲壮热烈地穿插。

在后方，事却没有如此简单，生活仍然缓弛地伸缩着；食宿生死间距离恰像黄昏长影，长长的，尽向前引伸，像要扑入夜色，同夜溶成一片模糊。在日夜宽泛的循回里于是穿插反更多了，真是天地无穷，人生长勤。生之穿插零乱而琐屑，完全无特殊的色泽或轮廓，更不必说英雄气息壮烈成分。斑斑点点仅像小血锈凝在生活上，在你最不经意中烙印生活。如果你有志不让生活在小处窳败，逐渐减损，由锐而钝，由张而弛，你就得更感谢那许多极平常而琐碎的摩擦，无日无夜地透过你的神经、肌肉或意识。这种时候，叹息是悬起了，因一切虽然细小，却绝非从前所熟识的感伤。每件经验都有它粗壮的真实，没有叹息的余地。口边那酸甜的纹路是实际哀乐所刻划而成，是一种坚忍韧性的笑。因为生活既不是简单的火焰时，它本身是很沉重，需要韧性地支持，需要产生这韧性支持的力量。

现在后方的问题，是这种力量的源泉在哪里？决不凭着平日均衡的理智，——那是不够的，天知道！尤其是在这时候，感就在皮肤底下"踊跃其若汤"，似乎它所需要的是超理智的冲动！现在后方被缓的生活，紧的情感，两面摩擦得愁郁无快，居戚戚而不可解，每个人都可以苦恼而又热地唱

"终长夜之曼曼兮,掩此哀而不去,"或"宁溘死而流亡兮,不忍为此之常愁!"支持这日子的主力在哪里呢?你我生死,就不检讨它的意义以自大,也还需要一点结实的凭借才好。

我认得有个人,很寻常地过着国难日子的寻常人,写信给他朋友说,他的嗓子虽然总是那么干哑,他却要哑着嗓子私下告诉他的朋友:他感到无论如何在这时候,他为这可爱的老国家带着血活着,或流着血或不流着血死去,他都觉到荣耀,异于寻常的,他现在对于生与死都必然感到满足。这话或许可以在许多心弦上叩起回响,我常思索这简单朴实的情感是从哪里来的。信念?像一道泉流透过意识,我开始明了理智同热血的冲动以外,还有个纯真的力量的出处。信心产生力量,又可储蓄力量。

信仰坐在我们中间多少时候了,你我可曾觉察到?信仰所给予我们的力量不也正是那坚忍韧性的倔强?我们都相信,我们只要都为它忠贞地活着或死去,我们的大国家自会永远地向前迈进,由一个时代到又一个时代。我们在这生是如此艰难,死是这样容易的时候,彼此仍会微笑点头的缘故也就在这里吧?现在生活既这样的彼此患难同味,这信心自是,我们此时最主要的联系,不信你问他为什么仍这样硬朗地活着,他的回答自然也是你的回答,如果他也问你。

信仰坐在我们中间多少时候了?那理智热都不能代替的信心!

思索时许多事，在思流的过程中，总是那么晦涩，明了时自己都好笑所想到的是那么简单明显的事实！此时我拭下额汗，差不多可以意识到自己口边的纹路，我尊重着那酸甜的笑，因为我明白起来，它是力量。

话不用再说了，现在一切都是这么彼此，这么共同，个别的情绪这么不相干。当前的艰苦不是个别的，而是普遍的，充满整一个民族，整一个时代！我们今天所叫做生活的，过后它便是历史。客观的无疑我们彼此所熟识的艰苦正在展开一个大时代。所以别忽略了我们现在彼此地点点头。且最好让我们共同酸甜的笑纹，有力地，坚韧地，横过历史。

惟其是脆嫩[1]

活在这非常富于刺激性的年头里,我敢喘一口气说,我相信一定有多数人成天里为观察听闻到的,牵动了神经,从跳动而有血裹着的心底下累积起各种的情感,直冲出嗓子,逼成了语言到舌头上来。这自然丰富的累积,有时更会倾溢出少数人的唇舌,再奔进到笔尖上,另具形式变成在白纸上驰骋的文字。这种文字便全是我们这个时代的出产,大家该千万珍视它!

现在,无论在哪里,假如有一个或多种的机会,我们能把许多这种自然触发出来的文字,交出给同时代的大众见面,因而或能激动起更多方面,更复杂的情感,和由这情感而形成更多方式的文字;一直造成了一大片丰富而且有力的

---

[1] 发表于1933年9月23日《大公报·文艺副刊》创刊号。

创作的田壤，森林，江山……产生结结实实的我们这个时代特有的表情和文章；我们该不该诚恳的注意到这机会或能造出的事业，各人将各人的一点点心血献出来尝试？

假使，这里又有了机会联聚起许多人，为要介绍许多方面的文字，更进而研讨文章的质的方面；或指出以往文章的历程，或讲究到各种文章上比较的问题，进而无形的讲究到程度和标准等问题。我又敢相信，在这种景况下定会发生更严重鼓励写作的主动力。使创作界增加问题，或许。惟其是增加了问题，才助益到创造界的活泼和健康。文艺绝不是蓬勃丛生的野草。

我们可否直爽的承认一桩事？创作的鼓动时常要靠着刊物把它的成绩布散出去吹风，晒太阳，和时代的读者把晤的。被风吹冷了，太阳晒萎了，固常有的事。被读者所欢迎，所冷淡，或误会，或同情，归根应该都是激动创造力的药剂！至于，一来就高举趾，二来就气馁的作者，每个时代都免不了有他们起落踪迹。这个与创作界主体的展动只成枝节问题。哪一个创作兴旺的时代缺得了介绍散布作品的刊物，同那或能同情，或不了解的读众？

创作品是不能不与时代见面的，虽然作者的名姓，则并不一定。伟大作品没有和本时代见面，而被他时代发现珍视的固然有，但也只是偶然例外的事。希腊悲剧是在几万人前面唱演的；莎士比亚的戏更是街头巷尾的粗人都看得到的。到有刊物时代的欧洲，更不用说，一首诗文出来人人争买着看，就是中国在印刷艰难的时候，也是什么"传诵一时"；什么"人手一抄"等……

创作的主力固在心底，但逼迫着这只有时间性的情绪语言而留它在空间里的，却常是刊物这一类的鼓励和努力所促成。

现走遍人间是能刺激起创作的主力。尤其在中国，这种日子，那一副眼睛看到了些什么，舌头底下不立刻紧急的想说话，乃至于歌泣！如果创作界仍然有点消沉寂寞的话——努力的少，尝试的稀罕——那或是有别的缘故而使然。我们问：能鼓励创作界的活跃性的是些什么？刊物是否可以救济这消沉的？努力过刊物的诞生的人们，一定知道刊物又时常会因别的复杂原因而夭折的。它常是极脆嫩的孩儿……那么有创作冲动的笔锋，努力于刊物的手臂，此刻何不联在一起，再来一次合作逼着创造界又挺出一个新鲜的萌芽！管它将来能不能成田壤，成森林，成江山，一个萌芽是一个萌芽。脆嫩？惟其是脆嫩，我们大家才更要来爱护它。

这时代是我们特有的，结果我们单有情感而没有表现这情绪的艺术，眼看着后代人笑我们是黑暗时代的哑子，没有艺术，没有文章，乃至于怀疑到我们有没有情感！

回头再看到祖宗传流下那神气的衣钵，怎不觉得惭愧！说世乱，杜老头子过的是什么日子！辛稼轩当日的愤慨当使我们同情！……何必诉，诉不完。难道现在我们这时代没有形形色色的人物，喜剧悲剧般的人生作题？难道我们现时没有美丽,没有风雅,没有丑陋、恐慌,没有感慨,没有希望?!难道连经这些天灾战祸,我们都不会描述,身受这许多刺骨的辱痛,我们都不会愤慨高歌迸出一缕滚沸的血流?!

难道我们真麻木了不成?难道我们这时代的语辞真贫穷得不能达意?难道我们这时代真没有学问真没有文章?!朋友们努力挺出一根活的萌芽来,记着这个时代是我们的。

山西通信[1]

××××：

　　居然到了山西，天是透明的蓝，白云更流动得使人可以忘记很多的事，单单在一点什么感底下，打滴溜转；更不用说到那山山水水，小堡垒，村落，反映着夕阳的一角庙，一座塔！景物是美得到处使人心慌心痛。

　　我是没有出过门的，没有动身之前不容易动，走出来之后却就不知道如何流落才好。旬日来眼看去的都是图画，日子都是可以歌唱的古事。黑夜里在山场里看河南来到山西的匠人，围住一个大红炉子打铁，火花和铿锵的声响，散到四围黑影里去。微月中步行寻到田垄废庙，划一根"取灯"偷偷照看那望观音的脸，一片平静，几百年来没有动过感的，

---

[1] 发表于1934年8月25日《大公报·文艺副刊》第96期。

在那一闪光底下，倒像挂上一缕笑意。

我们因为探访古迹走了许多路，在种种情形之下感慨到古今兴废。在草丛里读碑碣，在砖堆中间偶然碰到菩萨的一只手一个微笑，都是可以激动起一些不平常的感觉来的。乡村的各种浪漫的位置，秀丽天真。中间人物维持着老老实实的鲜艳颜色，老的扶着拐杖，小的赤着胸背，沿路上点缀的，尽是他们明亮的眼睛和笑脸。由北平城里来的我们，东看看，西走走，夕阳背在背上，真和掉在另一个世界里一样！云块、天，和我们之间似乎失掉了一切障碍。我乐时就高兴地笑，笑声一直散到对河对山，说不定哪一个林子，哪一个村落里去！我感觉到一种平坦，竟许是辽阔，和地面恰恰平行着舒展开来，感觉最边沿的边沿，和大地的边沿，永远赛着向前伸……

我不会说，说起来也只是一片疯话，人家不耐烦听。让我描写一些实际情形，我又不大会。总而之，远地里，一处田亩有人在工作，上面青的、黄的，紫的，分行地长着；每一处山坡上，都有人在走路、放羊，迎着阳光，背着阳光，投射着转动的光影；每一个小城，前面站着城楼，旁边睡着小庙，那里又托出一座石塔，神和人，都服帖地、满足地守着他们那一角天地，近地里，则更有的是热闹，一条街里站满了人，孩子头上梳着三个小辫子的，四个小辫子的，乃至于五六个小辫子的，衣服简单到只剩一个红兜肚，上面隐约也总有他嬷嬷挑的两三朵花！

娘娘庙前面树荫底下，你又能阻止谁来看热闹？教书先生出来了，军队里兵卒拉着马过来了，几个女人娇羞地手拉着手，也扭着来站在一边了，小孩子争着挤，看我们照相，拉皮尺量平面，教书先生帮我们拓碑文。说起来这个那个庙，都是年代久远了，什么时候盖的，谁也说不清了！说话之人来得太多，我们工作实在发生困难了，可是我们大家都顶高兴的，小孩子一边抱着饭碗吃饭，一边睁着大眼看，一点子也不松懈。

我们走时总是一村子的人来送的，儿媳妇指着说给老婆婆听，小孩们跑着还要跟上一段路。开栅镇、小相村、大相村，哪一处不是一样的热闹，看到北齐天保三年造像碑，我们不小心，漏出一个惊异的叫喊，他们乡里弯着背的、老点儿的人，就也露出一个得意的微笑，知道他们村里的宝贝，居然吓着这古怪的来客了。"年代多了吧。"他们骄傲地问。"多了多了，"我们高兴地回答，"差不多一千四百年了。""呀，一千四百年！"我们便一起骄傲起来。

我们看看这里金元重修的，那里明季重修的殿宇，讨论那式样做法的特异处，塑像神气，手续，天就渐渐黑下来，嘴里觉到渴，肚里觉到饿，才记起一天的日子圆圆整整地就快结束了。回来躺在床上，绮丽鲜明的印象仍然挂在眼睛前边，引导着种种适意的梦，同时晚饭上所吃的菜蔬果子，便给养充实着我们明天的精力，直到一大颗太阳，红红地照在我们的脸上。

《文艺丛刊小说选》题记[1]

《大公报·文艺副刊》出了一年多，现在要将这第一年中属于创造的短篇小说提出来，选出若干篇，印成单行本供给读者更方便的阅览。这个工作的确该使认真的作者和读者两方面全都高兴。

这里篇数并不多，人数也不多，但是聚在一个小小的选集里也还结实饱满，拿到手里可以使人充满喜悦的希望。

我们不怕读者读过了以后，这燃起的希望或者又会黯下变成失望。因为这失望竟许是不可免的，如果读者对创造界诚恳地抱着很大的理想，心里早就叠着不平常的企望。但只要是读者诚实的反应，我们都不害怕。因为这里是一堆作者老实的成绩，合起来代表一年中创造界一部分的试验，无论

---

[1] 发表于1936年3月1日《大公报·文艺副刊》第102期。

拿什么标准来衡量它，断定它的成功或失败，谁也没有一句话说的。

现在姑且以编选人对这多篇作品所得的感想来说，供读者浏览评阅这本选集时一种参考，简单的就是底下的一点意见。

如果我们取鸟瞰的形势来观察这个小小的局面，至少有一个最显著的现象展在我们眼下。在这些作品中，在题材的选择上似乎有个很偏的倾向：那就是趋向农村或少受教育分子或劳力者的生活描写。这倾向并不偶然，说好一点，是我们这个时代对于他们——农人与劳力者——有浓重的同情和关心；说坏一点，是一种盲从趋时的现象。但最公平的说，还是上面的两个原因都有一点关系。描写劳工社会，乡村色彩已成一种风气，且在文艺界也已有一点成绩。初起的作家，或个性不强烈的作家，就容易不自觉的，因袭种种已有眉目的格调下笔。尤其是在我们这时代，青年作家都很难过自己在物质上享用，优越于一般少受教育的民众，便很自然地要认识乡村的穷苦，对偏僻的内地发生兴趣，反倒撇开自己所熟识的生活不写。拿单篇来讲，许多都写得好，还有些写得特别精彩的。但以创造界全盘试验来看，这种偏向表示贫弱，缺乏创造力量。并且为良心的动机而写作，那作品的艺术成分便会发生疑问。我们希望选集在这一点上可以显露出这种创造力的缺乏，或艺术性的不真纯，刺激作家们自己更有个性，更热诚地来刻画这多面错综复杂的人生，不拘泥于任何一个角度。

除却上面对题材的偏向以外,创造文艺的认真却是毫无疑问的。前一时代在流畅文字的烟幕下,刻薄地以讽刺个人博取流行幽默的小说,现已无形地摈出努力创造者的门外,衰灭下去几至绝迹。这个情形实在也值得我们作者和读者额手相庆的好现象。

在描写上,我们感到大多数所取的方式是写一段故事,或以一两人物为中心,或以某地方一桩事发生的始末为主干,单纯地发展与结束。这也是比较薄弱的手法。这个我们疑惑或是许多作者误会了短篇的限制,把它的可能性看得过窄的缘故。生活大胆的断面,这里少有人尝试,剖示贴己生活的矛盾也无多少人认真地来做。这也是我们中间一种遗憾。

至于关于这里短篇技巧的水准,平均的程度,编选人却要不避嫌疑地提出请读者注意。无疑的,在结构上,在描写上,在叙事与对话的分配上,多数作者已有很成熟自然的运用。生涩幼稚和冗长散漫的作品,在新文艺早期中毫无愧色地散见于各种印刷物中,现在已完全敛迹。通篇的连贯,文字的经济,着重点的安排,颜色图画的鲜明,已成为极寻常的标准。在各篇中我们相信读者一定还不会不觉察到那些好处的;为着那些地方就给了编选人以不少愉快和希望。

最后如果不算离题太远,我们还要具体地讲一点我们对于作者与作品的见解。作品最主要处是诚实。诚实的重要还在题材的新鲜，结构的完整，文字的流丽之上。即作品需诚实于作者客观所明了，主观所体验的生活。小说的情景即使整个是虚构的，内容的情感却全得藉力于迫真的，体验过的情感，毫不能用空洞虚假来支持着伤感的"情节"！所谓诚实并不是作者必需实际的经过在作品中所提到的生活，而是凡在作品中所提到的生活，的确都是作者在理智上所极明了，在感情上极能体验得出的情景或人性。许多人因是自疚生活方式不新鲜，而故意地选择了一些特殊浪漫，而自己并不熟识的生活来做题材，然后敲诈自己有限的幻想力去铺张出自己所没有的情感，来骗取读者的同情。这种创造既浪费文字来夸张虚伪的情景和伤感，那些认真的读者要从文艺里充实生活认识人生的，自然要感到十分的不耐烦和失望的。

生活的丰富不在生存方式的种类多与少，如做过学徒，又拉过洋车，去过甘肃又走过云南，却在客观的观察力与主观的感觉力同时的锐利敏捷，能多面地明了及尝味所见、所听、所遇，种种不同的情景；还得理会到人在生活上互相的关系与牵连；固定的与偶然的中间所起戏剧式的变化；最后更得有自己特殊的看法及思想，信仰或哲学。

一个生活丰富者不在客观的见过若干事物，而在能主观的能激发很复杂，很不同的情感，和能够同情于人性的许多方面的人。

所以一个作者，在运用文字的技术学问外，必须是能立在任何生活上面，能在主观与客观之间，感觉和了解之间，理智上进退有余，情感上横溢奔放，记忆与幻想交错相辅，到了真即是假，假即是真的程度，他的笔下才现着活力真诚。他的作品才会充实伟大，不受题材或文字的影响，而能持久普遍的动人。

这些道理，读者比作者当然还要明白点，所以作品的估价永远操在认真的读者手里，这也是这个选集不得不印书，献与它的公正的评判者的一个原因。

一片阳光①

　　放了假，春初的日子松弛下来。将午未午时候的阳光，澄黄的一片，由窗棂横浸到室内，晶莹地四处射。我有点发怔，习惯地在沉寂中惊讶我的周围。我望着太阳那湛明的体质，像要辨别它那交织绚烂的色泽，追逐它那不着痕迹的流动。看它洁净地映到书桌上时，我感到桌面上平铺着一种恬静，一种精神上的豪兴，情趣上的闲逸；即或所谓"窗明几净"。那里默守着神秘的期待，漾开诗的气氛。那种静，在静里似可听到那一处淙淙的泉流，和着仿佛是断续的琴声，低诉着一个幽独者自娱的音调。看到这同一片阳光射到地上时，我感到地面上花影浮动，暗香吹拂左右，人随着响午的光霭花气在变幻，那种动，柔谐婉转有如无声音乐，令人悠

---

① 发表于1946年11月24日《大公报·文艺副刊》。

然轻快，不自觉地脱落伤愁。至多，在舒扬理智的客观里使我偶一回头，看看过去幼年记忆步伐所留的残迹，有点儿惋惜时间；微微怪时间不能保存情绪，保存那一切情绪所曾流连的境界。

倚在软椅上不但奢侈，也许更是一种过失，有闲的过失。但东坡的辩护："懒者常似静，静岂懒者徒"，不是没有道理。如果此刻不倚榻上而"静"，则方才情绪所兜的小小圈子便无条件地失落了去！人家就不可惜它，自己却实在不能不感到这种亲密的损失的可哀。

就说它是情绪上的小小旅行吧，不走并无不可，不过走走也未始不是更好。归根说，我们活在这世上到底最珍惜些什么？果真珍惜万物之灵的人的活动所产生的种种，所谓人类文化？这人类文化到底又靠一些什么？我们怀疑或许就是人身上那一撮精神同机体的感觉，生理心理所共起的情感，所激发出的一串行为，所聚敛的一点智慧，——那么一点点人之所以为人的表现。宇宙万物客观的本无所可珍惜，反映在人性上的山川、草木、禽兽才开始有了秀丽，有了气质，有了灵犀。反映在人性上的人自己更不用说。没有人的感觉，人的情感，即便有自然，也就没有自然的美，质或神方面更无所谓人的智慧，人的创造，人的一切生活艺术的表现！这样说来，谁该鄙弃自己感觉上的小小旅行？为壮壮自己胆子，我们更该相信惟其人类有这类情绪的驰骋，实际的世间才赓续着产生我们精神所寄托的文物精萃。

此刻我竟可以微微一咳嗽，乃至于用播音的圆润口调说：我们既然无疑的珍惜文化，即尊重盘古到今种种的艺术——无论是抽象的思想艺术，或具体的驾驭天然材料另创的非天然形象，——则对于艺术所由来的渊源，那点点人的感觉，人的情感智慧（通称人的情绪），又当如何的珍惜才算合理？

但是情绪的驰骋，显然不是诗或画或任何其他艺术建造的完成。这驰骋此刻虽占了自己生活的若干时间，却并不在空间里占任何一个小小位置！这个情形自己需完全明了。此刻它仅是一种无踪迹的流动，并无栖身的形体。它或含有各种或可捉摸的质素，但是好奇地探讨这个质素而具体要表现它的差事，无论其有无意义，除却本人外，别人是无能为力的。我此刻为着一片清婉可喜的阳光，分明自己在对内心交流变化的各种联想发生一种兴趣的注意，换句话说，这好奇与兴趣的注意已是我此刻生活的活动。一种力量又迫着我把握住这个活动，而设法表现它，这不易抑制的冲动，或即所谓艺术冲动也未可知！只记得冷静的杜工部散散步，看看花，也不免会有"江上被花恼不彻，无处告诉只颠狂"的情绪上一片紊乱！玲珑煦暖的阳光照人面前，那美的感人力量就不减于花，不容我生硬地自己把情绪分划为有闲与实际的两种，而权其轻重，然后再决定取舍的。我也只有情绪上的一片紊乱。

情绪的旅行本偶然的事，今天一开头并为着这片春初响午的阳光，现在也还是为着它。房间内有两种豪侈的光常叫我的心绪紧张如同花开，趁着感觉的微风，深浅凌乱于冷智的枝叶中间。一种是烛光，高高的台座，长垂的烛泪，熊熊红焰当帘幕四下时各处光影掩映。那种闪烁明艳，雅有古意，明明是画中景象，却含有更多诗的成分。另一种便是这初春晌午的阳光，到时候有意无意的大片子洒落满室，那些窗棂、栏板、几案、笔砚浴在光蔼中，一时全成了静物图案；再又红蕊细枝点缀几处，室内更是清香浮溢，叫人俯仰全触到一种灵性。

这种说法怕有点会发生误会，我并不说这片阳光射入室内，需要笔砚花香那些儒雅的托衬才能动人，我的意思倒是：室内顶寻常的一些供设，只要一片阳光这样又幽娴又洒脱的落在上面，一切都会带上另一种动人的气息。

这里要说到我最初认识的一片阳光。那年我六岁，记得是刚刚出了水珠以后——水珠即寻常水痘，不过我家乡话叫它做水珠。当时我很喜欢那美丽的名字，忘却它是一种病，因而也觉到一种神秘的骄傲。只要人过我窗口问问出"水珠"吗？我就感到一种荣耀。那个感觉至今还印在脑子里。也为这个缘故，我还记得病中奢侈的愉悦心境。虽然同其他多次的害病一样，那次我仍然是孤独的被囚禁在一间房屋里休养的。那是我们老宅子里最后的一进房子；粉白墙围着小小院子，北面一排三间，当中夹着一个开敞的厅堂。我病在东头娘的卧室里。西头是婶娘的住房。娘同婶永远要在祖母的前院里行使她们女人们的职务的，于是我常是这三间房屋唯一留守的主人。

在那三间屋子里病着，那经验是难堪的。时间过得特别慢，尤其是在日中毫无睡意的时候。起初，我仅集注我的听觉在各种似脚步，又不似脚步的上面。猜想着，等候着，希望着人来。间或听听隔墙各种琐碎的声音，由墙基底下传达出来又消敛了去。过一会，我就不耐烦了——不记得是怎样的，我就蹑着脚，挨着木床走到房门边。房门向着厅堂斜斜地开着一扇，我便扶着门框好奇地向外探望。

那时大概刚是午后两点钟光景，一张刚开过饭的八仙桌，异常寂寞地立在当中。桌下一片由厅口处射进来的阳光，泄泄融融地倒在那里。一个绝对悄寂的周围伴着这一片无声的金色的晶莹，不知为什么，忽使我六岁孩子的心里起了一次极不平常的振荡。

那里并没有几案花香，美术的布置，只是一张极寻常的八仙桌。如果我的记忆没有错，那上面在不多时间以前，是刚陈列过咸鱼、酱菜一类极寻常简朴的午餐的。小孩子的心却呆了。或许两只眼睛倒张大一点，四处张望，似乎在寻觅一个问题的答案。为什么那片阳光美得那样动人？我记得我爬到房内窗前的桌子上坐着，有意无意地望望窗外，院里粉墙疏影同室内那片金色和煦决然不同趣味。顺便我翻开手边娘梳妆用的旧式镜箱，又上下摇动那小排状抽屉，同那刻成花篮形的小铜坠子，不时听雀跃过枝清脆的鸟语，心里却仍为那片阳光隐着一片模糊的疑问。

　　时间经过二十多年,直到今天,又是这样一泄阳光,一片不可捉摸,不可思议流动的而又恬静的瑰宝,我才明白我那问题是永远没有答案的。事实上仅是如此:一张孤独的桌,一角寂寞的厅堂,一只灵巧的镜箱,或窗外断续的鸟语,和水珠——那美丽小孩子的病名——便凑巧永远同初春静沉的阳光整整复斜斜地成了我回忆中极自然的联想。

究竟怎么一回事[1]

写诗究竟是怎么一回事?

写诗,或可说是要抓紧一种一时闪动的力量,一面跟着潜意识浮沉,摸索自己内心所萦回,所着重的情感——喜悦,哀思,忧怨,恋情,或深,或浅,或缠绵,或热烈;又一方面顺着直觉,认识,辨昧,在眼前或记忆里官感所触遇的意象——颜色,形体,声音,动静,或细致,或亲切,或雄伟,或诡异;再一方面又追着理智探讨,剖析,理会这些不同的性质,不同分量,流转不定的情感意象所互相融会,交错策动而发生的感念;然后以语言文字(运用其声音意义)经营,描画,表达这内心意象,情绪,理解在同时间或不同时间里,适应或矛盾的所共起的波澜。

---

[1] 发表于 1936 年 8 月 30 日《大公报·文艺副刊》第 206 期。

写诗，或又可说是自己情感的，主观的，所体验了解到的；和理智的，客观的所体察辨别到的，同时达到一个程度，腾沸横溢，不分宾主的互相起了一种作用，由于本能的冲动，凭着一种天赋的兴趣和灵巧，驾驭一串有声音，有图画，有情感的言语，来表现这内心与外物息息相关的联系，及其所发生的悟理或境界。

写诗，或又可以说是若不知其所以然的，灵巧的，诚挚的，在传译给理想的同情者，自己内心所流动的情感穿过繁复的意象时，被理智所窥探而由直觉与意识分着记取的符录！一方面似是惨淡经营，——至少是专诚致意，一方面似是藉力于平时不经意的准备，"下笔有神"的妙手偶然拈来；忠于情感，又忠于意象，更忠于那一串刹那间内心整体闪动的感悟。

写诗，或又可说是经过若干潜意识的酝酿，突如其来的，在生活中意识到那么凑巧的一顷刻小小时间；凑巧的，灵异的，不能自已的，流动着一片浓挚或深沉的情感，敛聚着重重繁复演变的情绪，更或凝定入一种单纯超卓的意境，而又本能地迫着你要刻划一种适合的表情。这表情积极的，像要流泪叹息或歌唱欢呼，舞蹈演述；消极的，又像要幽独静处，沉思自语。换句话说，这两者合一，便是一面要天真奔放，热情地自白去邀同情和了解，同时又要寂寞沉默，孤僻地自守来保持悠然自得的完美和严肃！

在这一个凑巧的一顷刻小小时间中，（着重于那凑巧的）你的所有直觉，理智，官感，情感，记性和幻想，独立的及交互的都进出它们不平常的锐敏，紧张，雄厚，壮阔及深沉。在它们潜意识的流动，——独立的或交互的融会之间——如出偶然而又不可避免地涌上一闪感悟，和情趣——或即所谓灵感——或是亲切的对自我得失悲欢；或辽阔的对宇宙自然；或智慧的对历史人性。这一闪感悟或是混沌朦胧，或是透彻明晰。像光同时能照耀洞察，又能揣摩包含你的所有已经尝味，还在尝味，及幻想尝味的"生"的种种形色质量，且又活跃着其间错综重叠于人于我的意义。

这感悟情趣的闪动——灵感的脚步——来得轻时，好比潺潺清水婉转流畅，自然的洗涤，浸润一切事物情感，倒影映月，梦残歌罢，美感的旋起一种超实际的权衡轻重，可抒成慷慨缠绵千行的长歌，可留下如幽咽微叹般的三两句诗词。愉悦的心声，轻灵的心画，常如啼鸟落花，轻风满月，夹杂着情绪的缤纷；泪痕巧笑，奔放轻盈，若有意若无意地遗留在各种言语文字上。

但这感悟情趣的闪动，若激越澎湃来得强时，可以如一片惊涛飞沙，由大处见到纤微，由细弱的物体看它变动，宇宙人生，幻若苦谜。一切又如经过烈火燃烧锤炼，分散，减化成为净纯的茫焰气质，升处所有情感意象于空幻，神秘，变移无定，或不减不变绝对，永恒的玄哲境域里去，卓越隐奥，与人性情理遥远的好像隔成距离。身受者或激昂通达，或禅寂淡远，将不免挣扎于超情感，超意象，乃至于超言语，以心传心的创造。隐晦迷离，如禅偈玄诗，便不可制止地托生在与那幻想境界几不适宜的文字上，估定其生存权。

写诗……

总而言之，天知道究竟写诗是怎么一回事。在写诗的时候，或者是"我知道，天知道"；到写了之后，最好学Browning不避嫌疑的自讥的，只承认"天知道"，天下关于写诗的笔墨官司便都省了。

我们仅听到写诗人自己说一阵奇异的风吹过，或是一片澄清的月色，一个惊讶，一次心灵的振荡，便开始他写诗的尝试，迷于意境文字音乐的搏斗，但是究竟这灵异的风和月，心灵的振荡和惊讶是什么？是不是仍为那可以追踪到内心直觉的活动；到潜意识后面那综错交流的情感与意象；那意识上理智的感念思想；以及要求表现的本能冲动？灵异的风和月所指的当是外界的一种偶然现象，同时却也是指它们是内心活动的一种引火线。诗人说话没有不打比喻的。

我们根本早得承认诗是不能脱离象征比喻而存在的。在诗里情感必依附在意象上，求较具体的表现；意象则必须明晰地或沉着地，恰适地烘托情感，表征含义。如果这还需要解释，常识的，我们可以问：在一个意识的或直觉的，官感，情感，理智，同时并重的一个时候，要一两句简约的话来代表一堆重叠交错的外象和内心情绪思想所发生的微妙的联系，而同时又不失却原来情感的质素分量，是不是容易或可能的事？一个比喻或一种象征在字面或事物上可以极简单,而同时可以带着字面事物以外的声音颜色形状,引起它们与其他事物关系的联想。这个办法可以多方面地来辅助每句话确实的含义,而又加增官感情感理智每方面的刺激和满足,道理甚为明显。

无论什么诗都从不会脱离过比喻象征,或比喻象征式的言语。诗中意象多不是寻常纯客观的意象。诗中的云霞星宿,山川草木,常有人性的感情,同时内心人性的感触反又变成外界的体象,虽简明浅现隐奥繁复各有不同的。但是诗虽不能缺乏比喻象征,象征比喻却并不是诗。

诗的泉源,上面已说过,是意识与潜意识的融会交流错综的情感意象和概念所促成;无疑地,诗的表现必是一种形象情感思想合一的语言。但是这种语言,不能仅是语言,它又须是一种类似动作的表情,这种表情又不能只是表情,而须是一种理解概念的传达。它同时须不断传译情感,描写现象诠释感悟。它不是形体而须创造形体颜色;它是音声,却最多仅要留着长短节奏。最要紧的是按着疾徐高下,和有限的铿锵音调,依附着一串单独或相联的字义上边;它须给直觉意识,情感理智,以整体的快惬。

因为相信诗是这样繁难的一列多方面条件的满足,我们不能不怀疑到纯净意识的,理智的,或可以说是"技术的"创造——或所谓"工"之绝无能为。诗之所以发生,就不叫它做灵感的来临,主要的亦在那一闪力量突如其来,或灵异的一刹那的"凑巧",将所有繁复的"诗的因素"都齐集荟萃于一俄顷偶然的时间里。所以诗的创造或完成，主要亦当在那灵异的，凑巧的，偶然的活动一部分属意识，一部分属直觉，更多一部分属潜意识的，所谓"不以文而妙"的"妙"。理智情感，明晰隐晦都不失之过偏。意象瑰丽迷离，转又朴实平淡，像是纷纷纭纭不知所从来，但飘忽中若有必然的缘素可寻，理解玄奥繁难，也像是纷纷纭纭莫名所以。但错杂里又是斑驳分明，情感穿插联系其中，若有若无，给草木气候，给热情颜色。一首好诗在一个会心的读者前边有时真会是一个奇迹！但是伤感流丽，铺张的意象，涂饰的情感，用人工连缀起来，疏忽地看去，也未尝不像是诗。故作玄奥渊博，颠倒意象，堆砌起重重理喻的诗，也可以赫然惊人一下。

　　写诗究竟是怎么一回事，真是惟有天知道得最清楚！读者与作者，读者与读者，作者与作者关于诗的意见，历史告诉我传统的是要永远的差别分歧，争争吵吵到无尽时。因为老实地说，谁也仍然不知道写诗是怎么一回事的，除却这篇文字所表示的，勉强以抽象的许多名词，具体的一些比喻来捉摸描写那一种特殊的直觉活动，献出一个极不能令人满意的答案。

设计和幕后困难问题[1]

自从小剧院公演《软体动物》以来，剧刊上关于排演这剧的文章已有好几篇，一个没有看到这场公演的人读到这些文章，所得的印象是：（一）赵元任[2]先生的译本大成功；（二）公演的总成绩极好，大受欢迎；（三）演员表演成绩极优，观众异常满足；（四）设计或是布景不满人望，受了指摘；（五）设计和幕后有许多困难处，所以布景（根据批评人）"凑合敷衍"一点，（根据批评人）"处处很将就些"了。

公平说，凡做一桩事没有不遇困难的。我们几乎可以说：事的本身就是种种困难的综合，而我们所以用以对付，

---

[1] 发表于1931年8月2日北平《晨报副刊·剧刊》第32期。
[2] 赵元任（1892—1982年），江苏武进人，中国语学家及中国语科学的创始人，被称为汉语学之父。

解决这些困难的,便是"方法","技巧",和"艺术创作"。排演一场戏,和做一切别的事一样,定有许多困难的,对待这困难,而完成这个戏的排演,便是演戏者的目的。排演一个规模极大的营业性质的戏,和排演一个"爱美""小剧院公演"的戏,都有它的不同的困难。各有各的困难,所以各有各的对待方法,技巧和艺术。可是无论规模大小的戏,它们的目标,(有一个至少)是相同的。这目标,不说是"要观众看了满意",因为这话说出来许要惹祸的,多少艺术家是讲究表达他的最高理想,不肯讲迎合观众的话。所以换过来说,这目标,是要表达他的理想到最高程度为止,尽心竭力来解决,对待,凡因这演剧所生的种种困难,到最圆满的程度为止,然后拿出来贡献给观众评阅鉴赏,这话许不会错的。

　　观众的评判是对着排演者拿出来的成绩下的,排演中间所经过的困难苦处,他们是看不见的,也便不原谅的(除非明显的限制阻碍如地点和剧团之大小贫富)。一方面,凡去看"爱美"剧社或"小剧院"等组织演剧的人,不该期待极周全奢丽的设计,张罗,不用说的。一方面,演者无论是多小,经费多窘的,小团体,小剧院,也不该以为幕后有种种困难苦处,便是充分理由,可以"处处将就""敷衍"的。并且除非有不得已的地方,决不要向观众要求原谅或同情。道理是:成绩上既有了失败,要求原谅和同情定不会有补助于这已有失败点的成绩的。如果演戏演到一半台上倒下一面布景,假如倒的原因是极意外的不幸,那么自然要向观众声明的,如果那是某助手那一天起晚了没有买到钉子只用了绳子,而这绳子又不甚结实的话,这幕后的困难便不成立。

讲到幕后,那是无论哪一个幕后都是困难到万分的,拿一方戏台来作种种人生缩影的背景,不管这个戏台比那一个大多少,设备好多少,那也不过百步五十步之比,问题是一样会有的。用几个人来管许多零零碎碎的物件,一会儿搬上一会儿搬下,一定是麻烦的。

余上沅①先生在他《软体动物》的舞台设计一篇文章和陈治策先生幕后里都重复提到他们最大的苦处"借"的问题。设计人件件东西不够,要到各处"借",是件苦痛事!那是不可否认的,但是谈到"布景艺术是个'借'的艺术"这个恐怕不止中国现在如此,或者他们小剧院这次如此,实在可以说到处都是如此,不过程度有些高下罢了。所谓"道具"虽然有许多阔绰的剧院经常自制,而租(即花费的借),买,借的时候却要占多数。试想戏剧是人生的缩影;时代,地点,种族,社会阶级之种种不同,哪有一个戏剧有偌大宝库里面万物尽有的储起来待用?哪一个戏剧愿意如此浪费,每次演戏用的特别东西都去购制起来堆着?结果是每次所用"道具"凡是可以租借的便当然租去。租与借的分别是很少的,在精力方面,一样是去物色,商量,接洽等麻烦。除

---

① 余上沅(1897—1970)湖北江陵人,中国戏剧教育家、理论家。

却有几个大城有专"租道具"的地方,恐怕世界上哪一个地方演戏,后台设计布景的人都少不了要跑腿到硬化或软化了的,我记在耶鲁大学戏院的时候我帮布景,一幕美国中部一个老式家庭的客厅,有一个"三角架",我和另一个朋友足足走了三天足迹遍纽海芬全城,走问每家木器铺的老板,但是每次他都笑了半天说现在哪里还有地方找这样一件东西!(虽然在中国"三角架"——英文原名"what not"——还是一件极通行的东西)耶鲁是个经济特殊宽裕的剧院,每次演的戏也都是些人生缩影,并不神奇古怪,可是哪一次布景,我们少了跑腿去东求西借的?戏院主任贝克老头儿,每次公演完戏登台对观众来了一个绝妙要求;便是要东西,东西中最需要的?鞋!因为外国鞋的式样最易更改戏的时代,又常常是十年前五十年前这种不够古代的古装,零碎的服饰道具真难死人了。这个小节妙在如果全对了,观众里几乎没有人注重到的,可是你一错,那就有了热闹了!所以我以为小剧院诸位朋友不应该太心焦,以为"借"东西是你们特有的痛苦。

陈治策先生又讲到另几种苦处,但是归纳起来好像都在东西不齐全和"乱七八糟",还有时间似乎欠点从容。戏台设计在戏剧艺术中占极重要的地位的,导演人之次,权威最大的便是"设计图稿"。排演规矩,为简朴许多纠纷图样一经审定(导演人和设计人磋商之后),便是绝对标准。各方面(指配光,服装,道具,着色,构造,各组)在可能范围内要绝对服从的。那么所有困难设计师得比别人先知道，顺着事势，在经费舞台以及各种的限制内，设计可以实现的，最圆满布置法，关于形式色彩等等，尤宜先拟就计划，以备实行布景时按序进行的。陈先生所讲的幕后细节中，所给我的印象是他们并没有计划，只是将要的东西的部位定出，临时"杂凑"借来填入，不知道事实是否如此？这印象尤其是陈先生提到"白布单子"一节。

台上的色彩不管经济状况如何，我认为绝对可以弄到调和有美术价值的。沙软到什么地位，我们怕要限于金钱和事势，颜色则轻易得多了，弄到调和不该是办不到的。我对于"白布单"并不单是因为它像协和病房，却是因此我对于他们台上的色调生很大疑心。照例台上不用白色东西的除非极特别原因故意用它。因为白色过显，会"跳出来打在你眼上"（说句外国土话），所以台上的白色实际上全是"茶色"，微微的带点蜜黄色的，有时简直就是放在茶里泡一会儿拿来用。（也许他们已经如此办了，恕我没有看这戏只能根据剧刊上文章）绘画也是本这原则，全画忌唐突的白色，尤其是在背景里，并且这白单子是要很接近白太太的东西，它一定会无形中扰乱观众对于白太太全神贯注的留意，所以不止在美术上欠调和，并且与表演大有妨碍。

说已经说太多，实在正经问题没有讨论起一点只好留之将来，有机会和小剧院诸位细细面谈。他们幕后和设计最大困难我认为还是协和礼堂的戏台太浅不适用，我自己在那里吃过一次大苦，所以非常之表同。还有一节便是配光问题，可是这次他们没有提起我又没看到戏，现在也不必提了。关于戏台一节，以建筑师的眼光看来既盖个礼堂可以容二三百人的何在乎省掉那几尺的地面和材料，只用一个讲台，我老实的希望将来一切学校凡修礼堂的不要在这一点上节省起来，而多多的给后台一点布景的机会，让"爱美"的学生团体或别人租用礼堂演戏的痛痛快快。

再余上沅先生文章（七月十二日）上提到"台左，有法国式的玻璃窗通花园像不像玻璃，是不是法国式"他们"不敢担保"，像不像玻璃我不在场不敢说，据一个到场的朋友说他没有注意到。是不是"法国式"问题，我却敢作担保，因为建筑上所谓"法国窗"（或译"法国式窗"）是指玻璃框到地的"门"而（法国最多），那一天台上的"窗"的确是"门"，可以通到"花园"的，所以我敢担保它是个"法国窗"。玻璃不玻璃问题，后来陈治策先生倒提到"糊上玻璃纸开窗时胡拉胡拉响"，"玻璃纸"是什么我不知道，不过玻璃窗不用玻璃，或铁丝纱而又不响的有很多很经济的法子，倒可以试用的。

其余的都留到后来和小剧院诸位面谈吧。

又据赵元任夫人说第二次又公演时，布景已较前圆满多多，布景诸位先生受观众评议后如此虚心，卖力气，精神可佩，我为小剧院兴奋。

和平礼物[1]

在北京举行的亚洲及太平洋区域和平会议的繁重而又细致的筹备工作中,活跃着一个小小部分,那就是在准备着中国人民献给和平代表们的礼物,作为代表们回国以后的纪念品。

经过艺术工作者们热烈的讨论、设计和选择,决定了四大种类礼物:

第一类是专为这次会议而设计的特别的纪念物两种:一是华丽而轻柔的丝质彩印头巾;一是充满节日气氛的刺绣和"平金"的女子坎肩。这两种礼物都有象征和平的图案;都是以飞翔的和平白鸽为主题;图案富于东方格调,色彩鲜明,极为别致。

---

[1] 发表于1952年10月15日北平《新观察》第11期。

第二类是道地的中国手工艺品，是出产在北京的几种特种手工艺品，如景泰蓝、镶嵌漆器、"花丝"银饰物、细工绝技的象牙刻字和挑花手绢等。

还有两类：一是各种精印画册；一是文学创作中的名著。画册包括年画集、民间剪纸窗花、敦煌古代壁画的复制画册和老画家与新画家的创作选集等。文学名著包括获得斯大林奖金的三部荣誉作品。

这些礼物中每一件都渗透和充满着中国人民对和平的真挚的愿望。由巨大丰富的画册，到小巧玲珑的银丝的和平鸽子胸针，到必须用放大镜照着看的象牙米粒雕刻的毕加索的和平鸽子，和鸽子四周的四国文字的"和平"字样，无一不是一种和平的呼声。这呼声似乎在说："和平代表们珍重，珍重，纪念着你们这次团结争取和平的光荣会议，继续奋斗吧。不要忘记正在和平建设、拯救亚洲和世界和平的中国人民。看，我们辛勤劳动的一双双的手是永远愿为和平美好的生活服务的。不论我们是用笔墨写出的，颜色画出的，刀子刻出的，针线绣出的，或是用各种工艺材料制造的，它们都说明一个愿望：我们需要和平。代表们，把我们五亿人民保卫和平的意志传达给亚洲及太平洋各岸的你们祖国里的人民吧。"

我们选定了北京的手工艺品作为礼品的一部，也是有原因的。中国工艺的卓越的"工夫"，在世界上古今著名，但这还不是我们选择它的主要原因。我们选择它是因为解放以后，我们新图案设计的兴起，代表了我们新社会在艺术方面一股新生的力量。它在工艺方面正是剔除封建糟粕、恢复民族传统的一支文化生力军。这些似乎平凡的工艺品，每件都确是既代表我们的艺术传统，又代表我们蓬勃气象的创作。我们有很好的理由拿它们来送给为和平而奋斗的代表们。

这些礼品中的景泰蓝图案，有出自汉代刻玉纹样，有出自敦煌北魏藻井和隋唐边饰图案，也有出自宋锦草纹，明清彩磁的。但这些都是经过融会贯通，要求达到体型和图案的统一性的。在体型方面，我们着重轮廓线的柔和优美和实用方面相结合，如台灯，如小圆盒都是经过用心处理的。在色彩方面，我们要对比活泼而设色调和，要取得华贵而安静的总效果，向敦煌传统看齐的。这些都是一反过去封建没落时期的繁琐、堆砌、不健康的工艺作风的。所以这些也说明了我们是努力发扬祖国艺术的幸福人民。我们渴望的就是和平的世界。

在景泰蓝制作期间，工人同志们的生产态度更说明了这问题。当他们知道了他们所承担的工作跟和平有关时，他们的情绪是那么高涨，他们以高度的热诚来对待他们手中那一系列繁重的掐丝、点蓝和打磨的工作。过去"慢工出细活"的思想，完全被"找窍门"的热所代替。他们不断地缩短制作过程，又自动地加班和缩短午后的休息时间，提早完成了任务。在瑞华等五个独立作坊中，由于工人们工作的积极和认真，使珐琅质地特别匀净，图案的线纹和颜色都非常准确。工人们说：我们的生活一天比一天美满，我们要保证我们的和平幸福生活，承制和平礼品是我们最光荣的任务。当和平宾馆的工人们在一层楼一层楼地建筑上去的时候，这边景泰蓝的工人们也正在一个盒子、一个烟碟上点着珐琅或脚蹬转轮，目不转睛地打磨着台灯座，心里也只有一个念头："是的，我们要过和平的日子。这些美丽的纪念品，无论它们是银丝胸针，还是螺钿漆盒；上面是安静的莲花，还是飞舞的鸽子；它们都是在这种酷爱和平的情绪下完成的。它们是'不简单'的；这些中国劳动人民所积累的智慧的结晶，今天为全世界人民光明的目的——和平而服务了。"

礼品中还应该特别详细介绍的是丝质彩印头巾的图案和刺绣坎肩的制作过程。

头巾的图案本身，就有重要的历史意义。这个彩色图案是由敦煌千佛洞内，北魏时代天花上取来应用的。我们对它的内容只加以简单的变革，将内心主题改为和平鸽子后，它就完全适合于我们这次的特殊用途了。有意义的是：它上面的花纹就是一千多年前，亚洲几个民族在文化艺术上和平交流的记录：西周北魏的"忍冬叶"草纹就是古代西域伊兰语系民族送给我们的——来自中亚细亚的影响。中间的大莲花是我们邻邦印度民族在艺术图案上宝贵的赠礼。莲瓣花纹今天在我国的雕刻图案中已极普遍地应用着。我们的亚洲国家的代表们一定都会认出它们的来历的。这些花样里还有来自更遥远的希腊的，它们是通过波斯（伊朗）和印度的犍陀罗而来到我国的。

这个图案在颜色上比如土黄、石绿、赭红和浅灰蓝等美妙的配合，也是受过许多外来影响之后，才在中国生根的。以这个图案作为保卫亚洲和世界和平的纪念物是再巧妙、再适当没有的。三位女青年工作同志赶完了这个细致的图样之后，兴奋得说不出话来。她们曾愉快地做过许多临摹工作，但这次向着这样光荣的目的赶任务，使她们感到像做了和平战士一样的骄傲。

在刺绣坎肩制作过程中，由镶边到配色都是工人和艺术工作者集体创造的记录。永合成衣铺内，两位女工同志和四位男工同志，都是热情高涨地用尽一切力量，为和平礼品工作。他们用套裁方法，节省下材料，增产了八件成品。在二十天的工作中，他们每天都是由早晨七点工作至夜深十二点。只有一次因为等衣料，工作中断过两小时。参加这次工作的刺绣业工作者共有十七家独立生产户，原来每日十小时的工作都增至十四至十六小时，共完成二百十六只鸽子。绣工和金线平金都做得非常整齐。这一百零八件坎肩因不同绣边，不同颜色的处理，每一件都不同而又都够得上称为一件优秀的艺术品。三年来我们欢庆节日正要求有像这一类美丽服装的点缀，青年男女披上金绣彩边的坎肩会特别显出东方民族的色彩。但更有意思的是世界上许多国家的男女都用绣花坎肩，如西班牙、匈牙利与罗马尼亚等；此外在我国的西南与西北，男子们也常穿革制背心，上面也有图案。

和平战士们，请接受这份小小的和平礼品吧，这是中国劳动人民送给你们的一点小小的纪念品。